Fänd ich den Richtigen doch im Küchenschrank

Trude Egger

Fänd ich den Richtigen doch im Küchenschrank

Ein heiterer Roman

Weltbild Verlag

Gewidmet meinen Freundinnen,
ohne die das Warten auf den Richtigen
eine traurige Angelegenheit wäre.

Genehmigte Sonderauflage für
Weltbild Verlag GmbH, Augsburg 1994

Schutzumschlag von Manfred Waller
unter Verwendung einer Zeichnung
von Eva Kausche-Kongsbak.
Gesamtherstellung: Ebner Ulm
Printed in Germany
ISBN 3-89350-934-8

Inhalt

Daß es bei mir mit den Männern seit der Scheidung nicht mehr so recht klappt, mag daran liegen, daß die vielen Jahre von Ehe und Mutterschaft das zarte Gespinst meiner Gefühle mit einer soliden Schutzschicht aus gesundem Mißtrauen und praktischem Hausverstand umgeben haben.

Jawohl, gib's zu: Von einigen kurzen schwachen Momenten abgesehen, bist du einfach nicht mehr romantisch genug.

Sollte mir ein Märchenprinz ins Ohr flüstern: «Komm mit auf mein Schloß, Geliebte!» wüßte ich genau, was passieren würde. Meine Augen würden sich zu Schlitzen verengen, meine Gehirnzellen würden Alarm schlagen, und meine Frage käme ganz automatisch: «Und wer putzt dort die Fenster?»

O Herr, laß es gleich nach dem Samstagnachtkrimi Montag werden!

«Weißt du, was mich fix und fertig macht, seit ich geschieden bin? Die Sonntage. Ich sehe überall nur glückliche Pärchen», klagte ich, «wohin du schaust, nichts als Pärchen. Es macht mich krank. Ich habe schon Wahnideen. Sogar die Ameisen sehe ich Händchen halten. Ich getrau mich nicht mehr aus dem Haus, allein, ohne Mann.»

«Hast du ‹glückliche› gesagt? Daß ich nicht lache! Die Hälfte von ihnen langweilt sich miteinander zu Tode. Die andere Hälfte zerstreitet sich, bevor der Tag um ist. Oder beides. Das alles bleibt *uns* erspart. Ich sage mir immer: Luise, sei froh, daß die Sonne scheint und die Vöglein singen. Sie singen auch für dich. Was willst du mehr?»

Ich beugte mich über den Einkaufswagen und flüsterte meiner ehemaligen Schulkollegin Luise zu: «Wenn es nur um Vöglein und Sonne ginge! Es ist viel schlimmer. Immer, wenn ich wie ein einsamer Köter durch die Gegend streune, höre ich im Geist die Leute tuscheln: ‹Dort drüben geht sie, allein. Komisch, warum findet die keinen? Irgendwas stimmt mit der doch nicht.›»

«Unsinn. Ich sag dir, was mit dir nicht stimmt. Du hast so wenig Selbstbewußtsein wie ein aufgespießter Regenwurm. Du mußt schleunigst was dagegen tun. Lenk dich ab –»

«Neulich habe ich einen kleinen Aufsatz geschrieben, als mir langweilig war», murmelte ich.

«Ach ja? Über was?»

«Über den Wandertrieb gewöhnlicher Hausteppiche.» Es war ein Thema, das mich faszinierte, und eifrig fuhr ich fort: «Ist dir schon mal aufgefallen, daß Teppiche wandern? In einer Woche ungefähr zehn Zentimeter und immer in Richtung Tür. Es ist ein Phänomen –»

Luise sah mich sonderbar an und kritzelte etwas auf die Rückseite ihres Einkaufszettels. «Geh dort hin. Eine Selbsterfahrungsgruppe für Singles. Fantastisch, sag ich dir. Ich war da – und heute bin ich ein anderer Mensch.»

Ich schaute Luise an. Sie sah aus wie immer: klein, füllig und schlecht frisiert. Der Wandel hatte zweifellos mehr innerlich stattgefunden.

«Du hättest mich sehen sollen, als ich das erste Mal hinkam. Depressionen, eingeschüchtert, kein Selbstwertgefühl – genau wie du. Wir waren alle so. Schrecklich. Du kannst dir nicht vorstellen, was wir sonntags alles taten, um die Zeit rumzukriegen. Was machst du?»

«An Sonntagen? Ich putz' das Silber oder erledige sonst etwas Unaufschiebbares», murmelte ich.

Luise schnaubte durch die Nase, um mir zu zeigen, was sie davon hielt.

«Alles besser, als die Leute tuscheln zu hören, mit mir wäre etwas nicht in Ord–»

«Wer kümmert sich schon darum, was die Leute sagen?»

Ich sah Luise nachdenklich an. «Sag mal, was machst du nächsten Sonntag? Wir könnten doch gemeinsam –»

«Am nächsten Sonntag geht's nicht. Da streiche ich die Küchenwände.»

«Dann vielleicht den darauffolgenden?»

Aber auch das war nicht möglich. Jeden zweiten Sonntag hat Luise ihren Wasch- und Flicktag.

Ich machte aus dem Zettel mit der Adresse der fantastischen Selbsterfahrungsgruppe ein hübsches Knödelchen und warf es in den Korb mit den verbilligten Bananen.

Früher hatte ich mir in meiner Unerfahrenheit gesagt: Wart's ab, bis die Kinder größer sind. Dann hast du nette Begleiter. Ich sah mich durch die sonntäglichen Fluren schreiten, an meiner Seite einen hübschen, hochgewachsenen Sohn, der mit mir plaudern und vielleicht sogar meinen Rucksack tragen würde.

Von wegen.

Mit Kindern ist ab dem Moment, wo man sie nicht mehr im Wägelchen schiebt, in der Regel nichts mehr anzufangen. Ob die jemals über Mütter und ihre Gefühle nachdachten? Wohl kaum. Sonst würden sie es mir ab und zu einmal zeigen. Und wenn es nur mit einem winzigen Blümchen wäre. «Die einzige Rose, die ich je von euch erhalten werde, wird auf meinem Grab liegen», klagte ich, während sie dabei waren, sich in alle Winde zu zerstreuen.

Der Ältere hielt kurz inne. «Und damals der Flieder?»

«Der Flieder? ... Ah ja, der Flieder! Laß mich nachdenken, es ist schon eine Weile her, eine ganze Weile ... Jedenfalls hast du damals noch ‹Mutter-tag› mit nur einem t geschrieben.»

Mit den Männern ist das auch so eine Sache: Du triffst einen, der dir wunderbare Dinge ins begierig lauschende Ohr flüstert, etwa: «Du bist wunderbar. Habe ich dir schon gesagt, daß ich mich unsterblich in dich verliebt habe?»

«Fünfundzwanzigmal seit neun Uhr dreißig», flüsterst du hingerissen zurück.

«Ich muß dich unbedingt wiedersehen!» Sein melancholischer Seufzer deutet an, daß er ohne dich nicht weiterleben kann. «Ich möchte die Sonne deines Lebens sein!»

Derart ermutigt, wagst du zu fragen:

«Wie wär's denn mit einem Ausflug am nächsten Sonntag?»

Und was passiert? Die eben aufgegangene Sonne deines Lebens schießt zur Hintertür hinaus, und du siehst sie nie wieder. Was hast du schließlich auch erwartet? Einen ganzen Tag, noch dazu einen Sonntag? Du meine Güte! Da fühlt sich doch *jeder* Mann vollkommen vereinnahmt.

Nicht nur die einsamen Sonntage sind es, die

mich daran hindern, auch als Alleinstehende jenes erfüllte, positiv geprägte Leben zu führen, das von einer intelligenten, emanzipierten Frau erwartet wird. Auch Eva-Maria trägt dazu bei. Jeder Besuch meiner Kusine mit ihrem neuen Ehemann und ihrem neuen Kind wirft mich um Welten zurück. Eva-Maria zieht mit ihrem jungen Mutterglück eine Show ab, daß einem schlecht wird. Und Egon – den kann man wirklich nicht ernst nehmen. Der tut, was sie will, noch *bevor* sie den Mund aufmacht!

Die beiden haben vor etwas über einem Jahr geheiratet, kurz nach meiner Scheidung. Und sie haben sich auch gleich ein Kind angeschafft, obwohl Eva-Maria ein Jahr älter ist als ich, nämlich vierundvierzig, und Egon um die fünfzig.

Ist das nicht verrückt?

Egon stand beim letzten Besuch ohne Eva-Maria vor der Türe. Er hatte sich Rosalindchen in einem Traggestell vor den Bauch geschnallt.

«Leg sie doch ab», sagte ich.

Er wehrte entsetzt ab: «O nein! Es ist wichtig, mit dem Kind in ständigem Körperkontakt zu bleiben.»

Ich nickte verständnisvoll und meinte beruhigend: «Ich koch uns mal einen Kaffee. Wo ist eigentlich die junge Mutter?»

Egon sagte mir, wo sie war, in welchen Geschäften und warum und das alles ganz genau, denn Egon ist ein sehr gründlicher Mensch. Das mag auch mit seinem Beruf zusammenhängen. Er ist Finanzbeamter. Momentan arbeitet er nur halbtags, um genügend Zeit mit seiner Tochter verbringen zu können und um Eva-Maria bei der Hausarbeit zu entlasten.

Ist es ein Wunder, wenn einer Frau, die nicht mal jemanden findet, der ihr einen Nagel in die Wand schlägt, bei dem Theater übel wird?

«Kaffee? Den üblichen bitte, du weißt schon.»

Egon trinkt nur noch Caro-Kaffee, eine Art Gerstengebräu. Sie leben jetzt beide sehr bewußt, um sich für Rosalinde gesund zu erhalten. Dabei hat Eva-Maria vorher von Espresso und Zigaretten gelebt und das einzige Mal, als sie ein Birchermüsli aß, einen Gallenanfall bekommen.

Ich stellte den Rest Marmorkuchen hin. Egon wehrte jedoch ab. Er war nicht aus Vollmehl. Und ich hatte gebleichten Zucker verwendet. Genausogut, klärte er mich auf, könnte ich Strychnin nehmen. Damit ginge es nur schneller. Statt von meinem Giftzeug zu essen, unterrichtete er mich über die Vorzüge der neuen Pampers, die an verschiedenen Stellen eine extra saugfähige Auflage hätten – für Jungen vorne, für Mädchen in der Mitte. Er fand das revolutionär. Ich auch. Kam gleich nach der Erfindung der kernlosen Mandarinen.

Rosalinde hatte sich bis jetzt lobenswert ruhig verhalten. Aber nun fing sie an zu quaken und mit den kleinen Fäusten in der Luft herumzurudern.

Egon sah besorgt auf die Uhr.

«Es ist ihre Zeit. Ich verstehe nicht, warum Eva-Maria sich verspätet. Sie weiß doch, daß Rosalinde gestillt werden muß.»

«Das Kind wird nicht verhungern», sagte ich.

«Es geht nicht ums Verhungern. Weißt du nicht, welch wichtiger Aspekt das Stillen für die frühkindliche Entwicklung ist? Ein Großteil der Neurosen hat ihre Ursache darin, daß Kinder nicht oder nicht lange genug gestillt wurden . . .»

Ich ließ Egon weiterbrabbeln, weil ihn das von der säumigen Eva-Maria und dem Baby ablenkte, in dem womöglich in diesen Minuten der Keim zu späteren Neurosen gelegt wurde. Gern hätte ich Egon wenigstens einen Schnuller für die Kleine gegeben, so, wie ich meinen Haushalt kannte, lag auch garantiert noch irgendwo einer herum. Aber vermutlich hätte ihn Egon ohnehin als verdammenswertes Relikt antiquierter Erziehungsmethoden entrüstet abgelehnt.

Sollte mich irgendwann einmal ein Reporter interviewen und mir die Frage stellen: «Wann wurde Ihnen klar, daß Sie etwas an Ihrem Leben ändern müßten?» könnte ich den Moment auf Anhieb nennen. Nämlich jenen Morgen, an dem ich im Schlafzimmer den Spiegelschrank putzte und dabei feststellte, daß meine Mundwinkel fast auf dem Kragen hingen. An jenem denkwürdigen Morgen gab ich mir einen Ruck und sagte: «So, tu was! Warum unternimmst du nicht wenigstens an den Sonntagen kleine Wanderungen?»

Na, warum wohl nicht? Ich brauchte nicht den Rat der guten Briefkastentante, um das zu erfahren. Weil ich mir dabei so elend einsam vorkam wie Gretel ohne Hänsel! Was schließlich den Ausschlag gab, daß ich mich dann doch dazu aufraffte, war das Horoskop der Woche. Es lautete: «Ihre Unzufriedenheit ist nicht gerade eine Wohltat für Ihre Umgebung. Unternehmen Sie etwas!»

Es ist erstaunlich, wie zutreffend das Horoskop meistens ist. Ich hätte auch sofort etwas unternommen, wenn es am Tag des Herrn nicht wie üblich geregnet hätte. Das ist wirklich ein Phänomen. Die ganze Woche über kann es schön sein. Am Freitag in den Abendnachrichten zeigt die Wetterkarte ein Hoch über dem gesamten Kontinent mit einem einzigen Wolkenpünktchen über Island. Am Samstagvormittag ist der Himmel immer noch wolkenlos. Am Nachmittag hat das Pünktchen aus Island unser Land erreicht und dabei an Größe zugenommen, und am Sonntag regnet es. Am Montag ist es wieder schön. Oft und öfter frage ich mich: Warum ziehst du nicht woandershin, dorthin, wo immer die Sonne scheint und das Leben nicht am Samstag nach Ladenschluß aufhört? Was hält dich davon ab? Und ich muß mir eingestehen, daß der einzige Grund, der mich davon abhält, der Mann ist, der mir die Waschmaschine repariert.

Im Verlauf von acht Jahren hat meine Waschmaschine rund zwei dutzendmal versucht, sich umzubringen. Sie schluckte Sicherheitsnadeln, Schrauben, Nägel und in Hosentaschen vergessene Geldstücke. Sie fraß bis jetzt fünfundvierzig Socken, seltsamerweise niemals ein Paar, immer bloß einen davon, und sie gebar auf mysteriöse Weise eine Knabenturnhose, von der meine zwei Söhne schworen, sie nie im Leben gesehen und schon gar nicht in die Waschmaschine gesteckt zu haben.

Bei jedem ihrer Selbstmordversuche rufe ich einen gewissen Herrn an, dessen Namen ich verständlicherweise nicht preisgeben kann, und er holt sie für ein Viertel dessen, was ich sonst zahlen würde, wieder ins Leben zurück. Seit Generationen schreibt unsere Familie Adressen wie die seine in ein schweinsledernes Büchlein, das auf dem Sterbebett an die Kinder weitergegeben wird. Wer sich freiwillig aus dem Aktionsradius dieses Büchleins entfernt, muß verrückt sein . . .

An einem der folgenden Sonntage klappte es dann doch mit dem Wetter. Ich nahm mir vor, während der Wanderung Atemübungen zu machen. Außerdem wollte ich ernsthaft über mein Leben nachdenken und was ich daran verbessern könnte.

Aber aus dem Nachdenken wurde nichts. Denn dort, wo ich das Auto abstellte, traf ich Bibi Birnbaum. (So komisch es klingt, sie heißt tatsächlich so!) Auch Bibi wollte wandern. Und neben ihr kommt man so wenig zum Nachdenken wie in einem türkischen Basar.

Nicht, daß ich über Bibi herziehen möchte, aber sie ist schon ziemlich anstrengend. Sie redet immer nur von sich und ihren Angelegenheiten. Also von dem Mann, in den sie gerade verliebt ist. Und sie verliebt sich ständig.

Als wir an die Baumgrenze kamen, kannte ich Bibis neueste, unsterbliche Liebe so gut, als hätte ich mit ihr gelebt. Robert war – kurz gefaßt – in unglücklicher Ehe verheiratet, hatte zwei Kinder, die sich aber nichts aus ihm machten, außer daß sie sein Geld verplemperten, und eine Frau, aus der er sich nichts machte, die ebenfalls sein Geld verplemperte. Robert, genannt Berti, kann ohne Bibi nicht mehr leben und wird sich demnächst scheiden lassen. Nächste Woche geht er zum Rechtsanwalt. Unser Dialog ging ungefähr so:

Ich: «Hast du gestern –?»

Bibi (mir ins Wort fallend): «Gestern? Gestern war Berti bei mir. Ich glaube, seine Frau wird mißtrauisch. Dauernd klingelte das Telefon. Ich hebe ab, niemand sagt etwas, aber jemand schnauft. Das kann nur sie sein. Berti saß . . .»

Ich (eine ihrer seltenen Atempausen nützend, schnell): «Was sagst du zu dem scheußlichen Wetter? Kaum ein Tag, an dem es nicht regnet. Sogar in England ist es –»

Bibi (mir ins Wort fallend): «Berti hat in England oft geschäftlich zu tun. In London. Dort wohnt er im Hilton. Tja, wenn's die Firma zahlt! Das nächstemal nimmt er mich mit. Berti –»

In stummer Qual ließ ich meine Blicke gen Himmel schweifen, an dem ein Bussard still seine Kreise zog. Ich wünschte mir sehnlichst, an seiner Stelle zu sein, hoch dort oben und weit weg von Bibi.

Sie mußte meinen Blicken gefolgt sein, denn sie sagte: «Ein Geier. Scheußliche Viecher. Berti war letztes Jahr auf Safari. Dabei hat er Unmengen von

Geiern gesehen. Das nächstemal nimmt er mich mit. Berti –»

Ich: «Das ist kein Geier. Das ist ein Bussard. Ich glaube, ein Mäusebussard.»

Sie: «Ich werde Berti fragen. Der weiß es sicher.»

Ich gab mich geschlagen. Vielleicht kann ich Berti in einem der Krimis gebrauchen, die ich schreiben werde, sobald ich Zeit dazu finde, also wenn die Kinder aus dem Haus sind.

Erwartungsgemäß erlitt ich am selben Abend in meinem Kampf, auch ohne Mann ein sinnvolles Leben zu führen, einen schweren Rückfall. Im Fernsehen zeigten sie einen Film mit Meryl Streep, und alles, was ich mir wünschte war, wie sie (oder wie Bibi Birnbaum) einen Freund zu haben, auf dessen behaarte Brust ich mein Köpfchen legen konnte.

Aber alles, was *ich* hatte, war der Kater, der auf meinem Bauch lag wie ein Zementsack.

Ehrlich gesagt, es war nicht ganz das, was ich mir unter «wiedergewonnener Freiheit» vorgestellt hatte, als ich vor einem Jahr am Richtertisch das Scheidungsurteil unterschrieb.

Meinen Leitspruch der Woche fand ich diesmal in der Fernsehbeilage. Er lautete:

«Ehe: gegenseitige Lebensverbitterungsanstalt. Nestroy.»

Er war also genau das, was ich brauchte, um mir in Erinnerung zu rufen, daß ein Leben ohne Ehemann auch seine kleinen Vorteile hat. Ich heftete den ausgeschnittenen Spruch mit Klebestreifen an jene Stelle, wo ihn die Kinder garantiert nicht sehen würden: auf die Innenseite der Küchenschranktür, dort, wo die Putzmittel stehen.

Solche sinnvollen Leitsprüche gehören zu meinem Emanzipationsprogramm, an dem ich jetzt mit Volldampf arbeite, ebenso wie die einsamen Wanderungen, an die ich mich mittlerweile halbwegs gewöhnt habe. Dabei motiviere ich mich außerdem mit lehrreichen Sätzen wie: «Auch allein kann Natur sehr schön sein. Sieh nur, wie die Sonne scheint und die Vöglein singen. Sie singen auch für dich.» Oder: «Sei froh, daß kein Mann neben dir geht, der dauernd meckert, weil er die Sportsendung im Fernsehen verpaßt.»

Ein anderer wichtiger Teil meiner selbstgeschneiderten Lebenshilfe ist das autogene Training. Ich lege mich dabei flach aufs Bett, mache Arme und Beine schwer und meinen Herzschlag gleichmäßig und warte, bis das Sonnengeflecht heiß wird. Auch dazu sage ich passende Weisheiten, zum Beispiel: «Mit dir allein bist du in allerbester Gesellschaft.» Und: «Auch eine Frau *ohne* Mann ist ein ganzer Mensch.»

Ich habe vergessen, was zuerst drankommt, der gleichmäßige Herzschlag oder die Erwärmung des Sonnengeflechts, und ich habe deshalb das Buch «Hilf dir selbst mit autogenem Training» überall gesucht, aber es ist nicht da. Auch das habe ich vermutlich verliehen und nicht zurückbekommen. Leider fällt mir nicht ein, an wen. Wenn ich erst in meine Neubauwohnung gezogen bin, was in zwei oder drei Wochen der Fall sein wird, muß ich alle Bekannten auf meine verliehenen Bücher ansprechen. Momentan lasse ich es sein. Da hätte ich bloß mehr zum Umziehen.

«Trudchen, du hast heute nicht mehr als ein oder zwei Kognakbohnen genascht. Was sagst du dazu?»

Ich stand im Bad vor dem Spiegel und sprach mit der einzigen Person, die mir *wirklich* zuhört.

Mein Spiegelbild nickte mir wohlwollend zu.

«Und am Magenbitter bloß genippt», fuhr ich fort.

«Brav.»

«Und du hast dich endlich zum Fensterputzen aufgerafft. Weißt du was, als Belohnung machst du dir einen schönen Sonntagabend. Du gehst heute aus.»

Mein Spiegelbild grinste von einem Ohr zum andern. So etwas hört es gern. Wenn sich das Ausgehen nachher auch nicht immer als *das* Vergnügen entpuppt, das wir beide uns vorgestellt hatten.

In der «Tenne» herrscht ein Mordsgedränge. Ich zwänge mich durch und setze mich an die Bar. Dort sitzen immer die, die allein kommen und reden oder jemanden aufgabeln möchten, meistens beides. Diskret schaue ich mich um. Es ist nichts Gescheites da – wann ist es das schon! – eine ganze Menge Frauen und unter den paar Männern nichts, das meinen Blutdruck heben würde.

Gottlob taucht etwas später Winfried auf. Nicht, daß er mein Traummann wäre, Gott bewahre! Schon allein vom Sternbild her kann er das nicht sein – eine Jungfrau! Aber im Moment ist er besser als gar nichts.

«Was macht die Scheidung?» eröffne ich die Konversation, nachdem er es sich auf dem Hocker neben mir bequem gemacht und die Bügelfalten zurechtgezupft hat, die ihm jetzt vermutlich wieder seine gute alte Mutter in die Hosen zaubert.

Die Scheidung ist so ziemlich das einzige Thema, über das man sich mit Winfried unterhalten kann.

Seine Antwort ist nicht zu hören, denn es spielt eine Viermannkapelle mit den üblichen Verstärkern. Also brülle ich: «Ich hab' dich nicht verstanden! Was war?»

«Berufung!» brüllt er zurück. «Wenn *die* glaubt, das kann sie mit mir machen, dann hat sie sich getäuscht! Nicht mit mir!»

Inzwischen habe ich schon eine Weile an meinem leeren Glas gedreht, aber diskrete Hinweise wie dieser sind bei Winfried, dem Geizkragen, zwecklos. Also bestelle ich mir selbst etwas, während ich aus Winfrieds Richtung etwas vernehme, das sich anhört wie «sechs Monate . . . leugnet das Luder».

«Was hast du gesagt?» schreie ich ihm ins Ohr.

«Sie hat sechs Monate nicht mit mir geschlafen und jetzt streitet sie es ab!» schreit er zurück. Worauf sich die beiden Frauen auf der anderen Seite seines Barhockers lebhaft an der Diskussion beteiligen.

Das gibt mir Gelegenheit, darüber nachzudenken, warum sie wohl nicht mit ihm geschlafen hat und ob *ich* das möchte. Eigentlich nicht. Nein, wirklich nicht. Winfried ist so gar nicht mein Typ. Zu klein. Zu wenig männlich. Viel zu verklemmt. Und dann, als die beiden Frauen immer noch mit ihm quatschen, denke ich über mein Leben nach und über IHN. Irgendwie hilft es mir über die Runden, zu wissen, daß es IHN gibt. Ich weiß zwar nicht, wann und wo wir uns treffen werden, aber es ist sicher, daß es so sein wird. Ich habe sehr viel Intuition. Alle Krebsgeborenen haben das. Eigentlich wäre es mir gar nicht so unrecht, wenn ich IHN erst dann treffen würde, nachdem ich zu mir selbst gefunden habe. Es hilft einer Beziehung sehr, wenn beide Partner zu sich selbst gefunden haben und selbständige Menschen sind, die auch allein mit dem Leben fertig werden.

Als mir nichts mehr zum Denken einfällt und es mir langweilig wird, schlage ich Winfried vor, mit mir zu tanzen.

Erst will er nicht so recht, aber dann kommt er doch.

Leider hatte ich vergessen, wie miserabel er tanzt. Er krebst bloß lustlos durch die Gegend und hält einen, als wäre man ein nasser Waschlappen. Da ist es noch besser, sich seine Scheidungsgeschichte weiter anzuhören.

Nein, Winfried ist wirklich nicht mein Traum. Abgesehen von allem anderen fehlt ihm der Humor und jenes Quentchen maskuliner Stärke, das man doch noch von einem Mann erwartet. Natürlich verabscheue ich die Machotypen, das ist klar, aber ein bißchen Autorität sollte ein Mann schon haben.

Als ich ernstlich darüber nachdenke, weiß ich plötzlich, daß es das ist, was ich wirklich brauche: einen Mann zum Anlehnen. Zum Teufel mit der Selbstfindung und Emanzipation! Ich kann mich auch später noch selbst finden und emanzipieren, wenn ich für die Männer zu alt geworden bin.

Und was sagt man, dieses eine Mal hatte der Himmel ein Einsehen und erhörte mein Gebet. So dachte ich zumindest, als ich Ulrich traf.

Zu allem bereit – und keiner kommt!

Ich habe Ulrich im Kurpark kennengelernt. Dort sitze ich gern in der Mittagspause, bei schönem Wetter. Ich aß mein Leberwurstbrot und verfütterte gerade die Krümel an die Spatzen, als er fragte: «Darf ich?» und sich auf das freie Ende der Bank setzte.

Ich sah ihn mir kurz von der Seite an. Nicht übel – groß, volles Haar und ein markantes Kinn mit Grübchen. Wie Kirk Douglas. Und kein Bauch.

«Kein Bauch? Mädchen, du hättest es wissen müssen!» Flo, meine Vertraute in Herzensdingen, der ich das alles brühwarm erzählte, wackelte betrübt mit dem Kopf. «Männer über Vierzig ohne Bauch kannst du vergessen. Sie sind entweder magenkrank oder gewissenlose Draufgänger. Und dann, was war weiter?»

«Dann lud er mich zu einer Tasse Kaffee ein. Er rückte mir den Stuhl zurecht und stellte den Sonnenschirm so, daß ich Schatten hatte, und dann bestand er darauf, daß ich zum Kaffee ein Stück Kuchen nahm. Als ich vom Wasser trank, das mir zum Kaffee serviert worden war, sagte er: ‹Nicht doch!›, nahm mir das Glas aus der Hand und goß den Inhalt ins Blumenbeet nebendran, wobei er mir zärtlich in die Augen blickte. Und dann hat er mir einen Campari bestellt.» Ich seufzte in der Erinnerung daran.

«Das hat dir natürlich imponiert?»

Ich konnte es nicht leugnen. Jawohl, hatte es.

«Und am Abend seid ihr spazierengegangen, und er hat deine Hand genommen, und er hat dich geküßt und dir ins Ohr geflüstert, daß du die erste Frau seit seiner Scheidung wärst, in die er sich auf Anhieb verliebt hätte, und er hat dir vorgeschlagen, mit ihm nach Griechenland auf Urlaub zu fahren. Stimmt's?»

«Mallorca», seufzte ich.

Außerdem sagte er jene zauberhaften Worte, die ihm mein Herz geöffnet hätten, wäre es nicht ohnehin schon weit offen gewesen. Er sagte: «Sehen wir uns morgen, bevor ich fahre?»

So was tut gut. Neun von zehn Männern erkundigen sich nämlich nie konkret nach einem Wiedersehen. Sie tauchen bestenfalls irgendwann und völlig unvermutet wieder auf – wie der Halleysche Komet, bloß nicht so regelmäßig.

Wir verabredeten uns für acht Uhr morgens unter der Linde.

«Acht Uhr in der Früh?» rief Flo. «Warum diese unchristliche Zeit?»

«Er mußte um zehn weg. Er lebt in München.»

«In München! Du lieber Himmel, was hast du von einem Mann in München?»

«Er wollte am Wochenende wiederkommen», murmelte ich.

«Herrje, es gibt noch Frauen, die glauben an Wunder. Dachtest du wirklich, daß einer von München hierherfährt, *nachdem* er dich rumgekriegt hat? Das hat er doch, oder?»

Ich nickte betrübt.

Flo schnalzte mit der Zunge. «Mädchen, Mädchen! Was haben wir uns geschworen? Niemals in der ersten Nacht . . .»

Ich murmelte, ich sei schließlich nicht aus Holz. Und wo er doch mit mir auf Urlaub fahren wollte. Und wo er doch so nett war. Bevor er mich verließ, hatte er mir noch liebevoll zugeflüstert: «Also bis um acht, mein Schatz, unter der Linde.» Und wie er das gesagt hatte! Ich hätte schwören können, er würde den Rest der Nacht die Minuten zählen.

Ich war zu früh dran gewesen, es war erst zwanzig vor acht. Also schlenderte ich durch den Klosterhof zum Kurpark hinunter und weiter zum See, der so früh am Morgen noch wunderbar still dalag. Dabei sprach ich mit ihm, in Gedanken . . .

Als ich zur Linde zurückkam, war er immer noch nicht da. Es war jetzt zehn nach acht. Ich schlenderte ihm bis zum nahen Kirchplatz entgegen. Hier waren die Vorbereitungen für eine Flurprozession im Gange. Ein Altar war aufgebaut, um den sich die trachtengekleideten Bürgersfrauen mit ihren hübschen Goldhauben versammelten. Und jetzt trudelten auch die Bürgergarde ein und der Kirchenchor und die Trachtenkapelle. Ich blieb stehen und zwar dort, wo ich die Linde noch sehen konnte, froh darüber, einen plausiblen Grund zum Bleiben zu haben, so daß es weiter nicht auffiel, daß ich offenbar vergeblich auf jemanden wartete.

Ein paar Minuten vor neun kam der Herr Pfarrer mit den beiden Ministranten, und sie begannen mit der Messe unter freiem Himmel. Das Gras leuchtete grün und die Begonien purpurrot, und die Hauben der Goldhaubenfrauen glitzerten in der Sonne. Es war ein sehr hübsches Bild.

Inzwischen war mir natürlich klargeworden, daß Ulrich nicht kommen würde, daß alles bloß Theater gewesen war, das ganze Gerede darüber, wie glücklich er ist, eine Frau wie mich getroffen zu haben und was wir in Zukunft für herrliche Dinge zusammen unternehmen würden – nichts als Schmus. Alles nur, um mich rumzukriegen.

«Kannst du verstehen, warum wir immer wieder auf so was reinfallen?» fragte ich Flo, als ich ihr später mein Unglück klagte, «warum sind die Männer bloß so gemein?»

«Warum, das kann ich dir genau sagen, mein Herzchen! Weil wir armen Frauen hierzulande keine heißblütigen Brüder und Väter haben, die ihnen in dunklen Nächten hinter dunklen Ecken auflauern und ihnen ein paar Schrotkugeln in den verlogenen Pelz brennen, deshalb! Und wie ging's weiter? Du Kalb bist natürlich immer noch dort herumgestanden und hast weiter auf ihn gewartet?»

Ich nickte verlegen und erinnerte mich, wie ich

mir dabei ausgedacht hatte, was ich ihm sagen würde, wenn er doch noch auftauchen sollte. Und das war beileibe nichts Feines. Aber er kam ja ohnehin nicht. Der Herr Pfarrer war inzwischen bei der Lesung angelangt. Ich hörte mir – mit meinem obersten Bewußtsein, das untere war damit beschäftigt, dieses Stinktier Ulrich zu verteufeln – die Erzählung von Elias an, der sich unter dem Ginsterbusch zum Sterben hingelegt hatte, und wie der Engel dreimal kam, ihm Brot und Wasser hinstellte und ihn aufforderte, zu essen und zu trinken und weiterzuleben, und ich dachte traurig daran, daß *ich* mich hier neben dem Altar zum Sterben hinlegen könnte und kein Engel würde kommen und mich zum Weiterleben auffordern, und daß all die schönen heiligen Geschichten keinesfalls der Realität entsprachen . . .

Die Bürgergarde schoß nach zackigen Anweisungen und komischen Zuckungen von Armen, Beinen und Gewehren eine Salve in die Luft, alle gleichzeitig – oder doch ziemlich. Es wäre eine gute Pointe gewesen, wenn daraufhin ein abgeschossener Vogel vom Himmel gefallen wäre, eine fette Taube oder so was, aber es tat sich nichts, außer daß ein Wölkchen Pulverrauch in der Luft hing. Als sie dann bei der Fürbittelitanei ankamen und damit nicht wieder aufhörten, entfernte ich mich auf Zehenspitzen.

Ich ging zurück zu Donald Duck, meinem alten Deuxchevaux, zuckelte mit ihm über den Marktplatz und kam dann gerade noch bis zur ersten

Kurve bergauf. Da spuckte das elende Ding ein paarmal und blieb stehen.

Ich wußte gleich, was los war: kein Benzin mehr.

Ich hatte zwar das rote Warnlicht bemerkt, das anzeigt, wenn man auf Reserve fährt, aber nicht weiter darauf geachtet. Denn seit mein älterer Sohn und ich das Auto gemeinsam benutzen, also vom Tag seines Führerscheinempfanges an, leuchtet das Reservelicht ständig. Natürlich will ich nicht auch noch für ihn tanken, wenn er mir schon das Auto ruiniert und immer dann damit unterwegs ist, wenn ich es brauche, das ist klar.

Ich rollte an den Straßenrand und stieg aus. Wie gut, daß ich immer einen Reservekanister im Kofferraum hatte.

Aber im Kofferraum war kein Kanister, und auch sonst war er nirgends. Der Kanister war weg.

Das gab mir den Rest. Erst dieser Mistkerl Ulrich und jetzt das. Ich habe nie verstanden, wie Menschen sich so gehenlassen können, daß sie jemandem mit einem Holzscheit über den Kopf hauen oder sonst etwas Gewalttätiges tun. Jetzt verstand ich es. Obwohl ich es ja doch nicht tun, sondern wie üblich meinen Zorn verdrängen würde.

Zu Hause im Flur kam mir zu allem Unglück auch noch Frau Grimm in die Quere. «In spätestens zwei oder drei Wochen wird es soweit sein», sagte ich schnell.

«Soweit? Mit was?»

Ich seufzte. Dialoge im normalen Leben sind immer sehr anstrengend, ganz anders als in Filmen oder Büchern, wo es stets wie geschmiert geht.

«Mit dem Umziehen. Es fehlt nur noch der Teppichboden in der neuen Wohnung.»

Frau Grimm wartet schon heftig darauf, daß ich ausziehe. Jetzt in der Saison könnte sie die Wohnung als Ferienappartement vermieten. Vermutlich rechnet sie sich jeden Abend aus, was sie durch mich und meine Brut an Geld einbüßt.

«Einziehen! Ha!» Frau Grimm stieß einen Lacher aus, der ihrem Namen alle Ehre machte. «Ohne Boden?»

«Oh, das wird ruckzuck gehen! Sie haben schon angefangen.» Bei meinem letzten Kontrollbesuch lag bereits eine große Rolle im Wohnzimmer und in einer Ecke stand eine Werkzeugtasche sowie eine Thermoskanne mit Kaffee.

«Angefangen vielleicht. Aber bevor er dieses Weibsstück nicht wieder gefunden hat, wird nichts weitergehen.»

«Wer?»

«Wer schon? Der Pepi, der Teppichleger, natürlich. Heilfroh soll er sein, daß er sie los ist, sage ich. Geht mit einem Straßenmaler auf und davon! Nach Griechenland sollen sie gefahren sein.»

Jedenfalls, berichtete Frau Grimm, befand sich der Teppichleger, der außerdem ein Vetter von ihr war, weshalb sie die Tragödie aus erster Hand kannte, auf dem Weg nach Griechenland. «Ein ausgemachter Trottel ist das!»

Ich mußte ihr recht geben. Dieser unverantwortliche Mensch sollte hier meinen Teppichboden verlegen und nicht einem Flittchen von Ehefrau hinterherfahren.

«Man wird eine andere Firma beauftragen», sagte ich zuversichtlich.

Frau Grimm lächelte milde. «Das glaube ich nicht. Der Pepi ist der Schwager vom Edlinger.»

Wer der Edlinger ist, weiß ich: der Leiter des Wohnungsamtes. Nein, da war wohl wirklich nichts zu machen.

«Und was ich noch sagen wollte –» fuhr Frau Grimm fort.

Sie brauchte mir nichts zu sagen, man hörte das Musikgejaule aus meiner Wohnung bis auf den Flur.

Es war wirklich arg. Früher einmal hatte ich jedem, der es hören wollte oder auch nicht, erzählt, wie schön es sei, Kinder zu haben und daß ich mit niemandem auf der Welt tauschen wollte. Das ist lange her. Inzwischen bin ich zeitweise so weit, daß ich mit einem Tausendfüßler mit eingewachsenen Zehennägeln getauscht hätte. Nicht, daß ich meine Kinder nicht liebte! Selbst wenn ich es wollte, wäre das nicht möglich, denn diese Liebe ist in den untersten Schichten meiner Seele fest verankert. Aber es ist wohl nicht möglich, sie auch in den oberen Schichten immer zu lieben. Nicht, wenn sie den Reservekanister verschlampen und das Benzin verfahren und den Plattenspieler mit der Lautstärke eines Düsenjägers laufen lassen und auch nicht, wenn man eben in der Liebe wieder einmal eins aufs Dach gekriegt hat und ohne nachzusehen weiß, daß das Waschbecken immer noch verstopft ist und man wie üblich beim Aufschließen die Klinke der Wohnungstür in der Hand hat, ohne Tür. In dem Fall wäre mütterliche Liebe eine nahezu übermenschliche Anstrengung.

Ich schaute mich um, ob die Grimm weg war, denn ich wollte nicht, daß sie mitbekam, wie wir ihre Wohnung demolierten. Dann steckte ich die Klinke zurück, zog meinen Schuh aus und klopfte sie damit fest. Bis zum nächstenmal. Dabei hatte ich mir immer gesagt: Mütterchen, wenn die Kinder einmal groß sind, dann hast du an ihnen eine wertvolle Hilfe . . .

O ja. Wenn die mir bei irgendwas helfen, dann dabei, mich früher ins Grab zu bringen.

Sie lümmelten in ihren Pyjamas um den Tisch und verputzten die Reste des Frühstücks.

«Gibt's für mich auch noch was?» fragte ich.

«Nein. Warum?» fragte meine Tochter zurück.

«Weil auch eine Mutter Hunger hat.»

«Wie sollen wir wissen, daß du Hunger hast?» antwortete meine Tochter.

«Es ist noch ein Rest Käse da», sagte mein jüngerer Sohn, der das weichste Herz von allen hat. Ein Blick auf den Rest machte mir jedoch klar, daß Käsereste im Moment nicht ganz das waren, was ich wollte. Ich schleppte mich zum Bücherschrank, schob den Lexikonband F bis K zur Seite und angelte nach der Tafel Schokolade, die ich dahinter versteckt hatte. Auch die Schokolade war weg.

Ich schloß mich im Bad ein, setzte mich auf den Rand der Badewanne und heulte. Im Waschbecken stand Schmutzwasser, auf dem graue Flocken schwammen – grau und trist wie mein Leben.

Am nächsten Tag kämpfte ich mich durch eine wartende Menge zu meinem Schreibtisch im Fremdenverkehrsbüro durch. «Sind noch Zimmer frei?» fragte ich meine Kollegin.

«Nur das Übliche.» Sie schoß vom Stuhl hoch, raffte ihre Sachen zusammen und machte sich aus dem Staub.

Ich nickte. Das Übliche kannte ich. Das war die Pension Holzinger. Dort blieb kein Mensch länger als eine Nacht.

«Ach nein, es gibt also doch noch freie Zimmer!» rief eine von den Verrückten, die mitten in der Hochsaison unangemeldet nach Bad St. Florian kommen und dann aus allen Wolken fallen, wenn sie kein Zimmer mehr kriegen. «Wieso sagte mir Ihre Kollegin, es gäbe nichts mehr? Das ist doch unerhört!»

Ich sah mir ihren weißen Hosenanzug an, die sorgfältig lackierten Fingernägel, die blondierten Haare und den älteren Mann an ihrer Seite, der starke Zeichen ständiger Überanstrengung aufwies und meinte, für sie wäre das wohl nichts.

Als sie keifte: «Hören Sie, das ist doch wohl meine Sache!» zeichnete ich ihr die Pension Holzinger auf dem Ortsplan ein.

Weil ich ohnehin wußte, was geschehen würde,

gab ich dieselbe Adresse auch noch an die nächsten weiter, die anstanden, ein junges Pärchen, sichtlich unverheiratet und frisch verliebt, das an seine Unterkunft kaum höhere Ansprüche stellen würde, als daß das Bett nicht zusammenbrach.

Einige Stunden später hatte ich das Wunder vollbracht, die zimmersuchende Urlaubermeute in einen Ort zu stopfen, der auch vorher schon ausgebucht war, hatte ich einem Hündchen das Leben gerettet, das seit Nürnberg in einem Brutofen von Auto gehockt hatte, indem ich es mit frischem Wasser aus dem Blumenübertopf labte, und hatte ich auch sonst viele gute Werke getan. Ich hatte es bei vierzig Grad in meinem winzigen Blockhäuschen von Informationsbüro ausgehalten, auf das die herrliche Sommernachmittagssonne herniederknallte, und was das Schönste war: Ich hatte in all dieser Zeit weder an das verstopfte Waschbecken noch an dieses Stinktier Ulrich gedacht.

Vielleicht ist es doch ganz gut, sagte ich mir, daß ich Geld verdienen muß, seit ich geschieden bin! Obwohl ich es mir nie hätte träumen lassen, daß man Arbeit auch positiv betrachten könnte.

«Tröste dich, wenn *ich* die Zeit zusammenrechne, die ich schon auf meinen gewartet habe, reichen hundert Jahre nicht», sagte Hanna grimmig. Hanna ist die einzige meiner Freundinnen, die mir aus den Tagen meiner Ehe verblieben ist.

Ich erinnerte sie daran, daß sie selbst noch nicht einmal die Hälfte von hundert erreicht hätte.

«Die Zeiten, die man wartet, zählen doppelt.»

«Aber deiner *kommt* wenigstens, irgendwann einmal.»

«Ja, weil er hier Kost und Logis hat. Sogar zum Begräbnis meines Vaters ist er zu spät gekommen. Als wir das letztemal auf einen Ball gingen, fiel meine Frisur schon wieder zusammen, ehe er endlich fertig war.»

Ich kicherte. «Toupierte Frisuren, die zusammenfallen könnten, tragen wir schon seit zwanzig Jahren nicht mehr.»

«Das war auch das letztemal, daß wir auf einen Ball gingen.»

Ich war gekommen, um Hanna von meinem Desaster mit Ulrich zu erzählen. Es würde sie ein wenig aufheitern. Sie ist ziemlich bedrückt in letzter Zeit. Sie hat es mir nicht ausdrücklich gesagt, aber ich glaube, in ihrer Ehe kriselt es. Und was noch viel schlimmer ist: Ihre Mutter ist nach dem Tod von Hannas Vater in ihre Nähe gezogen. Und Hannas Mutter ist keine von der Sorte, die man gern in der Nähe hat.

Wir hatten uns für unser intimes Schwätzchen sicherheitshalber in die Speisekammer zurückgezogen. Aber es dauerte nicht lange und Hannas Mutter stöberte uns auch dort auf.

Wir flüchteten, Mama hinterdrein.

«Du hättest ihn hinhalten müssen», raunte Hanna mir ins Ohr. «Du weißt doch, wie die Männer sind. Wenn sie erst einmal haben, was sie wollen, siehst du sie meistens nie wieder.»

«Ja», raunte ich zurück. «Aber auch das mit dem Hinhalten klappt nicht immer.» Auch damit hatte ich bereits traurige Erfahrung.

Es war kurz nach meiner Scheidung, in jener kritischen Phase, wo man unbedingt Selbstbestätigung braucht. Er hieß Otto. Ich weiß nicht, woher ich damals die Stärke nahm, ihm zu widerstehen, besonders, da seine Brust so schön männlich behaart war wie die eines Gorillas. Aber ich brachte das Wunder zustande. «Wir sehen uns in einer Woche», sagte ich fest. Otto jammerte und stöhnte zum Gotterbarmen. Vergeblich. Die ganze Woche über dachte ich ununterbrochen an Otto und daran, was ich anziehen sollte, ich ging zum Friseur, kaufte mir ein schwarzes Spitzenhemdchen und lackierte mir die Zehennägel shocking-pink. Zwei Stunden vor dem Rendezvous begann ich mich herzurichten, und dann saß ich von sieben bis neun auf dem Küchenhocker, steif wie ein Besenstiel, um das Kleid nicht zu zerknittern – und Otto kam nicht. Er kam nie wieder.

Ich hatte plötzlich keine Lust mehr, mit Hanna über Ulrich zu reden. Hanna hatte ihre Probleme – ich meine. Ich verabschiedete mich.

Als ich zu Hause das Bad betrat, blitzte mir das Waschbecken entgegen. Gott ja, «blitzen» ist vielleicht etwas übertrieben, aber es stand zumindest keine trübe Brühe mehr drin. Es stellte sich heraus, daß meine Kinder den Ablauf geputzt hatten. Meine Kinder. *Meine*. Den Ablauf. Freiwillig. Mir wurden die Knie weich vor Freude.

Ich gelobte feierlich, mich von Grund auf zu ändern, meine Kinder, diese Engel, nie mehr anzubrüllen, sondern sie immer und unter allen Bedingungen zu lieben. Und das nicht nur in den unteren Schichten meiner Seele, sondern auch in den oberen. Schließlich, was hatte ich denn auf der Welt außer ihnen? Männer? O nein, danke! Mit denen war ich fertig. Nie wieder würde ich so dumm sein, einem Mann zu vertrauen, nie wieder. Von anderen Dingen ganz zu schweigen!

Darauf legte ich einen feierlichen Eid ab, den ich mit einem Gläschen Magenbitter bekräftigte. Im Bett las ich dann noch ein paar Seiten in einem hervorragenden Buch, das sich mit dem Niedergang des männlichen Geschlechts befaßt und in welchem der ausgezeichnete Autor den Mann schonungslos als das entlarvt, was er ist: Als den schlimmsten Feind der Frau, die er nur zu ökonomischen und sexuellen Hilfsdiensten mißbraucht.

Nach einer solchen Lektüre fällt es einem wahrhaftig nicht mehr schwer, auf *diese* miserable Hälfte der Menschheit ein für allemal zu verzichten.

Wie du den Traummann bestimmt *nicht* findest

Ich bin vollkommen geläutert. Wunderbar ruhig. Total ausgeglichen. Endlich habe ich mich von der irrigen Meinung, zum Glück gehöre ein Mann, für alle Zeiten befreit. Die definitive Erkenntnis kam mir an jenem Sommernachmittag, als eine Wespe auf meinem linken Arm landete, sich dort zierlich putzte und mir aus ihren großen Augen die Botschaft zukommen ließ:

«Auch *ich* liebe dich!»

In diesem Moment schwor ich, mich von der anstrengendsten und am wenigsten Erfolg versprechenden Art der Liebe ab- und der universellen Liebe zuzuwenden. Zum erstenmal verstand ich die Gefühle einer Frau, die sich entschließt, Nonne zu werden. Ich überdachte mein bisheriges Leben und wo und warum ich in die Irre gegangen war und kam zu dem Schluß: Alles Unheil fängt mit dem Anfang an. Also: kein neuer Mann, kein neuer Ärger.

Die nachfolgenden fünf oder sechs Ratschläge erheben selbstverständlich keinen Anspruch auf Vollständigkeit. Ich werde sie im Laufe der Zeit erweitern und trage mich mit dem Gedanken, ein Büchlein daraus zu machen. Mit dem Kriminalroman, den ich einmal schreiben werde, muß ich ohnehin noch warten; so etwas braucht sehr viel Konzentration. Nach den ersten zwanzig Seiten vergesse ich regelmäßig, wer der Mörder ist und warum gerade er. Aber vielleicht bessert sich jetzt, wo ich meine Gedanken nicht mehr an Männer verplempere, auch meine Konzentrationsfähigkeit?

Trotzdem schreibe ich lieber sofort meine unschätzbaren Erkenntnisse nieder, wie man garantiert keinen Mann kriegt:

a) Du sprichst *ihn* an.

Glaub ja nicht den Schmus in den klugen Büchern, der besagt, heutzutage würden sich die Männer freuen, von netten, emanzipierten Frauen angesprochen zu werden. Solche Bücher werden nicht für unsere Zeit und unseren Raum geschrieben, sondern für ein Land, das noch in den Tiefen des Südpazifiks ruht und darauf wartet, von der nächsten epochalen Erdauffaltung ans Licht gehoben zu werden. Was noch ein Weilchen dauern dürfte. Du und ich, wir werden es jedenfalls nicht mehr erleben.

Eine mutigere Frau als ich hat das mit dem Ansprechen ausprobiert. Es war so: Sie ging auf ihre Opfer zu, blieb vor ihnen stehen, sah ihnen tief in die Augen und sagte mit ihrem charmantesten Lächeln: «Ich möchte Sie kennenlernen, Sie gefallen mir. Darf ich Sie zu einer Tasse Kaffee einladen?»

Sobald diese Nachricht ihre Gehirne erreicht hatte und dort verarbeitet worden war, setzten sich vier von den fünf Angesprochenen in Trab und rannten so schnell, daß ihnen die Absätze von den Schuhen fielen. Der fünfte warf sich mit einem Hechtsprung hinter die nächste Mülltonne und stottert seither.

b) Setz dich im Lokal ausnahmslos an jenen Tisch im Hinterzimmer, an dem schon acht Frauen sitzen. Ein Mann wird sich eher barfuß in den Dschungel des Amazonas wagen, als dir an einen Tisch voll schnatternder Weiber zu folgen.

Die Unterhaltung ist schon in vollem Gang, als du hinkommst. «Wißt ihr, was bei einem Mann vor sich geht, der eine Frau kennenlernt, die ihm gefällt?» sagt Inge eben. «Paßt auf, hier steht's.» Sie hält eine Illustrierte unter die Lampe. «Erst schaut er ihr in die Augen, dann auf den Busen, dann wieder in die Augen, dann auf die Hüften. Das dauert 16,9 Sekunden. Und was macht die Frau, die einen Mann sieht, für den sie sich interessiert?»

«Von mir weiß ich es», sagst du. «Ich schau schnell im Spiegel nach, ob ich Lippenstift an den Zähnen habe. Das dauert 3,4 Sekunden. Haben wir kein anderes Gesprächsthema?»

«Pst! Laß sie weiterlesen!» rufen einige. Inge fährt fort: «Eine Frau schaut dem Mann zuerst in die Augen, dann auf die Schultern und auf die Hüften, wieder in die Augen, auf den Mund und in die Augen. Das dauert 9,8 Sekunden.»

«Jahre sollte man sich dafür Zeit lassen, Jahre!» rufst du. «Kinder, hört her, ich hab' hier einen interessanten Artikel über das Ozonloch.» Du kramst den Ausschnitt aus der Handtasche, fest entschlossen, das geistige Niveau in eurer Runde endlich über Männer/Kinder/Haushalt/Krankheiten hinauszuheben.

«Später ... später», erschallt es im Chor. «Bei einem Mann, der sich für eine Frau interessiert, verengen sich die Augen. So –» Inge starrt mit zusammengekniffenen Augen in die Runde, wie ein Äffchen, das sich überlegt, ob es die durchs Gitter gestreckte Banane annehmen oder dem edlen Spender ins Gesicht spucken soll.

Die Pause benützt du, um einzuwerfen: «Innerhalb der nächsten sechzig Jahre wird sich der Spiegel der Weltmeere um einen Meter heben und einen Großteil der Küstengebiete unter Wasser setzen. Ist das nicht entsetzlich?»

Eine kichert blöd. «Warum? Dann haben wir es nicht mehr so weit bis Jesolo. Lies weiter, Inge!»

«Bei einer Frau dagegen erweitern sie sich. Deshalb fühlen sich Männer von Frauen mit erweiterten Pupillen angezogen.»

Berta, die sich seit ihrer Scheidung vergeblich bemüht, einen ständigen Freund zu finden, springt auf, saust raus auf die Toilette, kommt zurück und murmelt mit einem tiefen Seufzer:«Jetzt weiß ich wenigstens, woran es liegt.» Sie hat sich einen Hund gekauft und im Büro freiwillig die Kopierarbeit übernommen, seit sie gelesen hat, der Kopierer wäre der beste Ort zum Flirten. Scheußlich. Solange es Frauen wie sie gibt, werden uns die Männer nie für voll nehmen. Mit Recht. Du weißt wirklich nicht, warum du jeden Freitagabend an diesen Stammtisch gehst und dir diesen Quatsch anhörst.

«Hat es was genützt?» fragt eine.

«Ba! Der Kopierer, über den sie geschrieben haben, muß in Athen oder Istanbul gestanden haben. Auch das mit Schnuffi ist eine Pleite», sagt Berta düster. Schnuffi sitzt neben ihr und schlappert begeistert Bier aus einem Aschenbecher. «Ich möchte wirklich wissen, wer den Mist geschrieben hat, man würde mit Scharen von netten Männern ins Gespräch kommen, die ebenfalls ihre Hunde ausführen. Der einzige, dem ich regelmäßig begegne, ist ein Typ mit zwei Boxern und einer Hundepfeife, der mich ansieht, als würde er mich am liebsten in einen Zwinger sperren.»

«Das wäre gar nicht so dumm», murmelst du, mit Recht verbittert darüber, unter Frauen leben zu müssen, die sich auf das geistige Niveau von Neunjährigen zurückentwickelt haben.

«Hast du es schon einmal mit einem Abendkurs versucht?» fragt Inge. «Dort trifft man die Seriösen.»

Berta lacht auf. «Beim letzten Italienischkurs waren wir vierzehn Frauen und drei Männer. Drei! Einer hörte nach der zweiten Stunde auf, einer war der Ehemann der Kursleiterin, und der dritte versteckte sich in der Pause hinter dem Vorhang.»

Du gähnst so krampfhaft, daß es in deinen Ohren

knackt. «Haben wir wirklich kein anderes Gesprächsthema als Männer?»

«Doch», sagt Hanna. «Ich könnte euch erzählen, was passierte, als ich gestern im Dampfkochtopf Bohneneintopf aufstellte und dann in den Garten ging.»

Hanna? Wieso ist die eigentlich da? Sonst darf sie am Abend nie weg. Ihr Mann hat sie gern neben sich, wenn er vor dem Fernseher schläft.

«Hast du heute Ausgang?» fragst du deshalb verwundert.

Sie grinst. «Halbfinale im Europacup. Solange wir wieder neben ihnen auf dem Sofa sitzen, wenn der Schlußpfiff ertönt, werden unsere Schätzchen überhaupt nicht bemerken, daß wir weg waren. Stimmt's?»

Die vier anderen Ehefrauen nicken. Eine von ihnen läßt verlauten, daß sie ein tolles Rezept für eine Nußtorte ohne Mehl ausprobiert hätte, man nimmt dazu eine Tasse in Rum eingeweichte Semmelbrösel, ein Päckchen gerieb ... –

«Darf ich?» fragt die neben dir, nimmt dir den Artikel über das Ozonloch aus den Fingern, dreht ihn um und fängt an, das Nußtortenrezept mitzuschreiben.

Du wirst auswandern, sobald die Kinder aus dem Haus sind.

c) Mach um Männer, die in Ärztewartezimmern herumsitzen, einen weiten Bogen.

Krank und verängstigt wie sie sind, klammern

sie sich an jeden Schürzenzipfel wie die Fliege an den Strohhalm, den man ihr ins Limoglas hält. Das beste Beispiel ist meine Kusine Eva-Maria. Sie ging als freie, selbstbewußte Frau, die mit einer wechselnden Anzahl junger Liebhaber ihr Leben als Geschiedene in vollen Zügen genoß, wegen einer Ohrenentzündung zum Arzt, setzte sich im Wartezimmer neben einen älteren Mann mit Stirnglatze, der in jedem Nasenloch eine Kanüle hatte, wodurch er (ihrer damaligen Beschreibung nach) aussah wie ein harpuniertes Seehundbaby – und nach der vierten Behandlung war Egon bei ihr eingezogen.

d) Sage ihm gleich in den ersten zehn Minuten nach dem Kennenlernen, daß du drei halbwüchsige Kinder hast, die noch bei dir wohnen.

Lade ihn am besten ein, wenn eines dieser Kinder in der Phase steckt, in der es sein erstes Mofa will. Mein Jüngster kann ohne Mofa nicht mehr leben. Warum, das sagt er mir seit Wochen jeden Tag: Vom vielen Radfahren ist er schon ganz kaputt, er hat ständig Seitenstechen, die Zehen werden ihm abfallen, die Kniescheiben sind zum Wegschmeißen. Überallhin kommt er zu spät.

«Nichts zu machen», sage ich fest. «Keine Diskussion über das Mofa mehr! Ich habe Besuch, wie du siehst. Das ist Herr Klein. Setzen Sie sich doch!» Ich scheuche die Katze vom Stuhl, und Herr Klein setzt sich.

Ich gehe zum Kühlschrank, um die Flasche

Wein zu holen, die ich vor Tagen hineingestellt habe. Sie ist nicht mehr da.

«Wer hat den Wein genommen?» frage ich erbost.

«Ich nicht. Das ist wieder mal typisch für dich. Mit dir kann man überhaupt nicht logisch reden», kommt die Antwort vom Jüngsten.

«Also gut. Dann reden wir logisch. Aber kurz, ja? Ich habe Besuch. Wo nimmst du das Geld für ein Mofa her?» Ich starre immer noch in den Kühlschrank. Das einzige, was ich finde, ist eine Packung Orangensaft. Ich nehme sie heraus und schüttle sie. Sie ist leer.

«Wo ich das Geld hernehme, ist wohl meine Sache», sagt die kleine Rotznase.

Aus der Richtung von Herrn Klein kommt eine Stimme: «Redet man so mit seiner Mutter?»

«Halten Sie sich da besser raus», sage ich, und dann erinnere ich meinen Sohn daran, daß er bereits die nächsten drei seiner Lehrlingsgehälter verpfändet hat, zwei an mich und eines an seine Großmutter. Und ich möchte, bitte sehr, gar nicht wissen, wie viele an wen sonst noch. Und ich erinnere ihn daran, daß er mir auch noch das Geld für die neue Gitarre schuldet, dieses blöde Ding, das keinen vernünftigen Ton von sich gibt.

«Ich habe dir doch schon tausendmal gesagt, man braucht dafür einen Verstärker!» Aber einen Verstärker, jammert er, den dürfe er ja nicht haben, o nein, *er* nicht. Alle anderen ja, er nicht.

«O ja», sage ich, «und warum nicht? Du spielst in

dieser Wohnung mit einem Verstärker, und am nächsten Tag stellen wir unser gemütliches kleines Zelt im Kurpark auf.» Was wollte ich eigentlich mit der leeren Orangensaftpackung?

«Ich kriege nichts!» heult mein Sohn, dieser Sargnagel. «Nichts! Nichts!»

Ich zähle ihm auf, was er schon alles gekriegt hat, weil er ohne den Plunder angeblich nicht leben konnte und der jetzt in diversen Winkeln herumliegt. Um alles aufzuzählen, hätte ich Stunden gebraucht. Was heißt Stunden, Tage, Tage hätte ich gebraucht! Warum stehe ich eigentlich hier vor dem offenen Kühlschrank?

«Das mit dem Mofa ist ganz was anderes. Das brauche ich unbedingt.» Vage erinnere ich mich, daß auch ich etwas gebraucht hätte, unbedingt, aber ich weiß nicht mehr was und warum, weil mich jede Diskussion mit meinem Jüngsten an den Rand des Wahnsinns treibt. Meine Tochter kommt herein, schiebt sich die Haare aus dem Gesicht, so daß ihr linkes Auge frei wird. Dieses Auge richtet sich auf den Mann, der bei uns am Tisch sitzt, und sie fragt: «Wer ist denn der?»

Auch ich frage mich das. Wer ist dieser Mann, und warum sitzt er hier? Aber das ist jetzt hinfällig und egal, denn er steht auf und geht, ohne sich zu verabschieden. Seltsame Manieren haben die Männer heutzutage, das muß man schon sagen. Was soll's. Ich habe im Moment andere Sorgen, denn mein Sohn fängt wieder mit seiner Zermürbungstechnik an, nach dem bewährten Motto: Mach die

Mutter so mürbe, bis sie aus reiner Erschöpfung ja sagt.

Ich bin wirklich schon total erschöpft von der ewigen Erziehungsarbeit. Was mich am meisten wurmt, ist, daß der Erzeuger des mofasüchtigen Knaben von all dem Zores verschont bleibt. Der spielt den liebenden Vater, wann immer es ihm in den Kram paßt – selten genug! –, aber die tägliche Dreckarbeit bleibt an mir hängen.

Wirklich, das Leben ist uns Frauen gegenüber verdammt ungerecht! Falls es so etwas wie eine Reinkarnation geben sollte – und beinahe bin ich geneigt, daran zu glauben, denn irgendeinen Ausgleich muß es ja geben für die vielen Widerwärtigkeiten des Lebens, mit denen wir Frauen fertig werden müssen –, dann, lieber Gott, laß mich in meinem nächsten Leben als Wasserläuferweibchen auf die Welt kommen.

Ich habe kürzlich im Fernsehen eine Sendung darüber gesehen. Es war faszinierend. Während dieser Vogel mit seinen langen Zehen auf den Seerosenblättern herumsteigt, trägt er fürsorglich unter dem Gefieder seine Jungen mit sich herum. Und was nun die Sache so überaus sympathisch macht: Es handelt sich dabei ausschließlich um das Gefieder des Wasserläufervaters. Wenn der kleine Wasserläufer ein Mofa will, dann ist es Papi, der die Sache um die Ohren hat.

Frauen der Welt, ich rate euch, setzt euch den Wasserläufer aufs Banner!

e) Bei unvermeidlichen Rückfällen hoffe auf die Gnade des Schicksals oder die Vernunft deines Unterbewußtseins.

Es ist ein Samstag wie jeder andere. Du schlenderst heiter, unbekümmert und froh durch die Straßen, als du plötzlich, ohne jede Vorwarnung, scharf nach links abbiegst, schnurstracks hin zum Zeitungskiosk, dir die Wochenendausgabe grapschst und mit fliegenden Fingern die Heiratsannoncen aufblätterst. Es ist ein Phänomen. Es überfällt sogar Frauen, die sich in normalem Zustand eher den kleinen Finger abhacken lassen würden, als an eine nochmalige Heirat auch nur zu denken.

Ist dir das Schicksal gnädig, dann läßt es dich jene Annonce aussuchen, die lautet:

«L84/45, suche Bek. m. besch. gepfl. Frau b. 40. Eig. Eink. erw. Bildzuschr. unter ‹Romant. Liebe›»

Und es passiert dir nicht mehr, als daß du seinen Kaffee bezahlst und bei der ersten und einzigen Ausfahrt neben dem Benzin auch die Reifenabnützung und das Strafmandat.

f) Bei wiederholtem Auftreten von Anfällen «Es noch einmal zu versuchen» halte dich klugerweise an die aussichtslosen Fälle.

Im Strandbad suche dir unter den zur Verfügung stehenden männlichen Touristen den aus, der schön tiefgebräunt ist – er fährt übermorgen heim.

Als Steinbockgeborene nimm dir einen Widder. Er wird bei seiner sprunghaften Art deiner schon wieder überdrüssig sein, bevor du dir auch nur überlegt hast, ob du dich beim ersten Mal zieren oder den Vamp spielen sollst.

Unter den Geschiedenen wird derjenige, der seine zwanzigjährige, eben aufgelöste Ehe mit Frau, zwei Töchtern, Schwieger- und Großmutter unter einem Dach verbracht hat, den geringsten Schaden verursachen, weil der Anblick einer Frau bei ihm während der nächsten Monate Magenkrämpfe und Schweißausbrüche hervorruft.

Ein gutes Beispiel dafür ist die Geschichte von dem Mann und meinem Kater. Von Zeit zu Zeit zottelt Morli los und läßt sich bei wildfremden Leuten häuslich nieder. Der Tierarzt meint, das käme bei Katzen von Geschiedenen häufig vor.

Der Kater ist jetzt schon seit drei Tagen weg. Ich klapperte die üblichen Adressen ab, vergeblich. Die letzte Möglichkeit war das Hexenhäuschen, ein verlottertes Sommerhäuschen, das seit einem Jahr leer steht. Als ich hinkam, saß jedoch ein Mann in Shorts am wackeligen Gartentisch und nähte auf einer Maschine. Auf seinem Schoß hockte Morli. Der Mann blickte auf, sah mich und zeterte: «Was wollen Sie hier? Falls Sie was verkaufen, ich brauche nichts außer Nähnadeln. Die verdammten Dinger brechen ständig ab.»

«Ich hole nur meinen Kater!» rief ich hinüber, begreiflicherweise erbost über seine Unfreundlichkeit.

«Ist das Ihrer?»

«Ja.» Ich öffnete das Gartentürchen, das dabei

aus den Angeln fiel. Morli blinzelte kurz, gab aber sonst keinerlei Anzeichen von Wiedersehensfreude von sich. Und so etwas fütterte ich seit sechs Jahren durch!

Der Mann war klein, mager, stark behaart und hatte ein Gesicht wie ein trauriges Seidenäffchen. «Ist es wirklich Ihrer? Ich dachte, er gehört niemanden. Er scheint Sie nicht sehr zu vermissen. Lassen Sie ihn doch hier. Wir haben uns aneinander gewöhnt.»

Ich schüttelte den Kopf. «Das geht nicht. Wir brauchen ihn.»

«Wer ist wir?»

«Die Kinder und ich.»

«Wozu?»

«Zum Streicheln», sagte ich wahrheitsgemäß.

«Ah!» Er hob einen mageren Finger von den Jeans, die er auf der Maschine liegen hatte. «Sie mißbrauchen also ein unschuldiges, wehrloses Tier, um an ihm Ihre Frustration und aufgestauten Zärtlichkeitsbedürfnisse abzureagieren! Richtig?»

«Ja», gab ich zu. «Und Sie? Wozu brauchen Sie ihn?»

Er sah mich bloß düster an.

Wir schwiegen vielsagend.

«Was machen Sie da?» fragte ich dann und deutete auf die Jeans. Ich stand immer noch. Er machte keinerlei Anstalten, mir einen Platz auf der wackligen Bank anzubieten.

«Sehen Sie doch. Ich nähe einen neuen Reißverschluß ein.»

Mir klappte der Unterkiefer herunter. «Das können Sie?»

«Nein. Sie vielleicht?»

Ich schüttelte den Kopf.

«Frauen sollten so was aber können», meinte er finster. «Das Schlimmste an der Ehe ist, daß man nie allein ist. Tag und Nacht nicht. Nie allein. Kommen Sie öfter hierher?»

«Nur wenn ich den Kater suche. Oder Weintrauben klaue.»

Sie überwucherten die Holzwände, kleine, blaue Trauben von himmlischer Süße, die in ein paar Wochen reif sein würden.

«Tja, damit wird es jetzt vorbei sein. Jetzt wohne ich nämlich hier. Und ich will meine Ruhe.»

«Wenn Sie mir endlich den Kater geben würden, wäre ich schon längst weg.»

«Warum stehen Sie da herum? Setzen Sie sich doch.»

«Nein, danke.» Was dachte sich dieser Clown eigentlich?

«Sind Sie verheiratet?»

«Geschieden.»

«Ich auch. Aber kommen Sie ja nicht auf den Gedanken, ich wäre auf der Suche nach einer Frau! Nicht einmal das Badezimmer durfte ich abschließen. Ruhe –» murmelte er, «ich will nur meine Ruhe.»

«Wenn Sie im Winter hier wohnen, werden Sie erfrieren», sagte ich mit aufrichtiger Schadenfreude. «Dann haben Sie eine ganze Menge Ruhe.

Kann ich jetzt endlich den Kater haben?» Ich schnappte ihn mir, wobei ich darauf achtete, nicht die haarigen Schenkel zu berühren, auf denen er lag, um diesen Goldschatz nicht auf falsche Gedanken zu bringen.

«Weintrauben können Sie sich holen!» schrie er mir nach. «Aber lassen Sie mich in Frieden!»

«Keine Angst!» schrie ich zurück. «Wenn ich überhaupt einen Mann wollte, wären *Sie* der letzte!»

«Ich bin seit den Scheidungsverhandlungen impotent!»

«Ein Glück für die Frauen!»

Wirklich, Männer wie dieser hier machen mir den Entschluß, für den Rest meines Lebens allein zu bleiben, leicht.

Für dich, mein Schatz, leb' ich von Luft und Liebe

Ist es nicht seltsam? Immer wenn man glaubt, jetzt könne man sich in Muße dem Älter- und Weiserwerden widmen und kramt die Stricknadeln aus der Schublade, dann knallt einem das Schicksal eine Überraschung vor die Füße.

Mir bebt der Hörer in der Hand, so aufgeregt bin ich. «Ich habe IHN kennengelernt, Hanna! IHN!» Ich muß flüstern, der unseligen Touristen wegen, die mein Büro belagern.

«Ihn? Wen? Ulrich?» Manchmal ist Hanna schrecklich begriffsstutzig.

«Ulrich? Welcher Ulrich?» Es dauert geraume Zeit, ehe ich mich an den Blindgänger erinnere (mein Gott, die Sache muß vor hundert Jahren passiert sein). «Ich bitte dich, wie kommst du auf *den* Psychopathen? IHN, sagte ich doch!»

Himmel, Hanna sollte wirklich wissen, wen ich meine. Wir haben oft genug darüber gesprochen, wie es sein wird, wenn ich den Mann treffe, der mir vom Schicksal bestimmt ist.

Endlich scheint es bei ihr gefunkt zu haben. «Wieder ein Neuer?» brüllt sie so laut ins Telefon, daß es direkt peinlich ist. «Ich dachte, du hättest die Nase voll von den Männern.»

Hanna ist ein lieber Mensch, herzensgut, aber es fehlt ihr an Sensibilität. Vermutlich verliert man die in einer Ehe, in der Liebe nur noch als Turnübung betrieben wird. Sie kennt keinen Unterschied zwischen einem kleinen billigen Abenteuer und einer schicksalhaften Begegnung. Aber im Moment habe ich nicht die Zeit, sie aufzuklären. «An meinem nächsten freien Wochenende machen wir eine Bergtour, Ernst und ich.» Ich seufze. Noch neun lange Tage.

«Was, er ist ernst, und das gefällt dir?»

«Blödsinn, er heißt Ernst. Und er ist ein Stier. Hanna, ein Stier!» Ich muß auflegen, denn ein paar von der zickigen Sorte vor meinem Schreibtisch fangen an zu murren, aber ich bin sicher, daß Hanna weiß, was ein Stier bedeutet: ein Mann, treu bis in den Tod. Außerdem *die* Ergänzung zur Krebsfrau.

Es kommt eben alles zur rechten Zeit im Leben. Man muß nur warten können.

Während ich mich abmühe, die Urlaubermeute in die paar Zimmer, Besenkämmerchen und Hasenställe zu stopfen, die noch frei sind, schweifen meine Gedanken immer wieder ab zu jenem herrlichen Moment, als im Strandbad mein Löwenkopfring am goldenen Anker auf der Badehose eines fantastisch aussehenden, athletisch gebauten Mannes hängengeblieben war.

Wenn man in Betracht zieht, wie winzig so eine

Badehose ist, kann man so etwas nur als vom Schicksal arrangiert bezeichnen. Aber alle wirklich wichtigen Ereignisse im Leben sind das ja.

Was soll ich bloß auf der Bergtour mit Ernst anziehen? Vielleicht sollte ich mir eine neue Hose kaufen? Die grüne ist ohnehin schon uralt.

Komisch, bei der besseren Kategorie Urlauber ist es fast immer der Mann, der nach einem Zimmer fragt, bei den anderen die Frau. Ich hätte zum Beispiel schwören können, daß bei dem Paar, das eben vor meinem Kiosk aus dem Volvo steigt, *er* es sein würde, der den Zores mit der Zimmersucherei auf sich nimmt.

Richtig geraten. Sie hängt bloß apathisch an seinem Arm wie ein dekorativer, blondierter Nerz.

«Na, dann verraten Sie mir mal, was Sie Schönes anzubieten haben in Ihrem Dörfchen!» sagt der Volvo-Mann in jenem Ton, der mich garantiert auf die Palme bringt. Als ob wir hier in Hintertupfing wären und nicht in einem der bekanntesten Badeorte des Landes!

«Wir sind leider so gut wie ausgebucht», sage ich so hochmütig wie möglich.

«Unsinn. Für Eberhard Borke gibt es überall ein freies Zimmer. Sogar in Venedig zur Biennale hab' ich noch eins gekriegt.»

Und dann erklärt er mir, wie Eberhard Borke sich dieses Zimmer vorstellt: Blick auf den See natürlich, mit Bad und WC natürlich, In- und Outdoor Swimmingpool natürlich, Tennisplatz natürlich, privater Badestrand na-

«-türlich», setze ich die Litanei fort. Zu gern hätte ich ihm gesagt, was ich von Leuten wie ihm halte, aber dafür werde ich nicht bezahlt. Außerdem steigt gerade in diesem Augenblick draußen vor der Tür Ernst vom Rennrad.

Zack! geht in mir ein Licht an, als hätte man in meinem Inneren eine Fünfhundertwattbirne angeknipst.

«Na, du. Wie geht's?» sagt der Mann meiner Träume von der Tür her.

«Danke, prima.» Was absolut der Wahrheit entspricht. Mir bleibt beinahe der Atem weg, so gut sieht er aus in seinem hautengen Rennfahrertrikot.

Der Borkenkäfer reißt mich brutal aus meiner Verzückung. «Hören Sie, meine Liebe, wenn Sie wieder zu sich kommen sollten, dann hätten Sie vielleicht die Güte, mir endlich ein passendes Hotel zu empfehlen!» keift er.

Ich wünsche mir sehnlichst, er würde sich verdünnisieren, denn Ernst sieht aus, als wollte er mir gleich wieder entwischen.

«Warte doch noch einen Moment!» bitte ich. Und dann schreibe ich dem Herrn Borke als Strafe für sein unfeines Benehmen die «Goldene Gans» auf, die wahnsinnig teuer ist, keinen eigenen Badestrand hat und einen Koch, der den Sherry selber säuft, statt ihn in die Saucen zu gießen.

«Sehen wir uns heute noch, Liebling?» flöte ich, nachdem ich das Volvo-Paar endlich losgeworden bin.

Aber heute kann mein Liebling leider nicht. Da

hat er Handballtraining. Und er muß auch gleich gehen, denn sein Freund, der vor der Tür mit dem Rad wartet, wird ungeduldig. Sie wollen noch eine Runde drehen und danach Tennis spielen gehen.

Ich werde Tennisstunden nehmen, beschließe ich in dieser Minute. Um mit einem Mann wie Ernst mithalten zu können, werde ich etwas sportlicher werden müssen. Gemeinsame Hobbys sind unheimlich wichtig für eine gute Beziehung.

Natürlich kaufte ich mir eine neue Hose, ganz klar. Sie ist mir im Bund zwar ein bißchen zu eng – ich kann den Haken nur schließen, wenn ich die Luft anhalte und den Bauch einziehe –, aber sie sieht sehr schick aus. Ein dazu passendes T-Shirt bekam ich schon zum Schlußverkaufspreis. Quer über die Brust verläuft die Aufschrift RELAX. Ich hoffe sehr, daß es Ernst sein wird, der dort relaxt, wenn wir oben auf der Alm zwischen den Dotterblumen rasten werden.

O Gott. Es hat dich schlimm erwischt, was? So wie es aussieht, hat dich die Liebe nicht mit Pfeil und Bogen, sondern mit dem Vorschlaghammer getroffen. Anscheinend trifft sie einen besonders heftig, wenn man schon etwas älter ist und ein paar Jahre nichts mehr mit ihr zu tun gehabt hat.

Ernst sieht mit seinen achtunddreißig noch sehr gut aus. Er ist auch immer sehr gepflegt. Nie riecht er nach Schweiß, obwohl er doch so viel trainiert, um sich fit zu halten, und er hat auch immer saubere Fingernägel. Aber das allein erklärt wohl nicht die Wirkung, die er auf deinen armen Verstand ausübt. Vermutlich hat es etwas mit den chemischen Substanzen zu tun. Vielleicht auch damit, daß du, abgesehen von einigen unbedeutenden Ausrutschern, seit deiner Scheidung notgedrungen sehr enthaltsam lebst.

Eines Morgens fallen meine Blicke zufällig auf den Spruch, der auf der Innenseite des Küchenschrankes klebte. «Ehe, gegenseitige Lebensverbitterungsanstalt.» Du meine Güte, was war das für ein scheußlich pessimistisches Zeug? Hatte wirklich ich das da hingeklebt? In welcher trüben Stunde meines Lebens hatte ich denn das getan?

Ich reiße das Blatt herunter und klebe an seine Stelle den sehr hübschen, gescheiten Spruch: «Ohne Gefährten ist kein Glück erfreulich. Seneca.»

Ein weiser Mann, dieser alte Römer, wahrhaftig.

Beim Einkaufen treffe ich Bibi. Wir tratschen ein bißchen vor den Waschmitteln, aber sie hat es eilig wegen ihrer Tennisstunde.

«Ich werde auch damit anfangen», sage ich. «Ernst spielt ebenfalls. Vielleicht kennst du ihn?» Ich beschreibe ihr Ernst: groß, schlank wie eine Tanne, herrliche Zähne, schönes dunkelblondes Haar, ziemlich lang, aber sehr gepflegt, ein Typ wie Robert Redford.

«Berti», sagt Bibi träumerisch in Richtung Waschpulver, «hat mir versprochen, daß wir nächsten Winter in Kitzbühel Skiurlaub machen.»

«Ernst», sage ich und lege eine Flasche Geschirrspülmittel in den Wagen, ohne zu wissen, warum, «war letzten Winter in Teneriffa. Er hat sich mit ein paar Freunden ein Segelboot gemietet.» Vielleicht sollte ich ein paar Stunden Segelunterricht nehmen?

«Nächste Woche geht Berti zum Rechtsanwalt», sagt Bibi. «Wegen der Scheidung.»

«Ich bin froh, daß Ernst nicht verheiratet ist», sage ich mit dankbarem Seufzer.

Bibi starrt mich perplex aus großen Augen an. «Ernst? Wer ist Ernst?»

Hat man da noch Worte? Falls Berti sich doch scheiden läßt, was ich sehr bezweifle, hat er an ihr, was er verdient.

Der schlimmste Fehler heutzutage ist, daß niemand mehr zuhört. Im Büro mußte ich meine Kollegin am Arm festhalten, als ich ihr mitteilte, daß ich jetzt sofort mit meinem Kriminalroman anfangen würde, sonst wäre sie mir glatt entwischt.

Die Gestalt des Inspektors, in jedem Krimi die Zentralfigur, stand total klar vor meinem geistigen Auge. Ich beschrieb ihn meiner Kollegin: «Gegen Vierzig, groß, schlank, dunkelblondes Haar, das er ziemlich lang trägt, aber sehr gepflegt, ein lässiger Typ, aber doch mit Autorität. Ich werde ihn Ernest Rodford nennen. Der Roman spielt natürlich in England.»

Ich sah Ernest plastisch vor mir: das Handtuch lässig über die Schulter geworfen, das dunkelblonde Haar mit einem Stirnband zurückgehalten, das Racket unter dem Arm –

«Du, ich muß weg!» stöhnte meine Kollegin.

Ich murmelte: «Nein, kein Racket. Er ist ja im Büro. Also im Anzug, aber lässig, kein Spießer mit Krawatte, eher wie Don Johnson mit einem saloppen T-Shirt unter dem Sakko, die Pistole im Halfter. Hast du eine Ahnung, trägt die Kripo in England Pistolen oder Knüppel wie die Bobbies?»

«Mensch, woher soll ich das wissen? Du, ich muß jetzt wirklich gehen!» Sie entwand sich meinem Griff und sauste davon.

«Solange wir Frauen untereinander keine größere Solidarität aufbringen, wird es mit der Emanzipation schlecht aussehen!» rief ich ihr nach.

Ich konnte kaum den Abend erwarten, um mit dem Konzept zu beginnen. Montags hat Ernst ohnehin keine Zeit für mich, da trainiert er Judo. Das Telefon schrillte. Ich leierte meinen Spruch herunter, wobei ich wie ein Karussellpferd grinste, um meiner Stimme den gewünschten fremdenverkehrsfördernden Klang zu geben. Aber es war nur Winfried, der mich zu irgendeinem blöden Zeltfest einladen wollte. Ich hasse Zeltfeste. Dieser pseudofolkloristische Schmus ist mir ein Greuel.

Ich sagte, ich wäre schon vergeben.

Wirklich, der Mensch wurde lästig.

Bibi hat sich anerboten, mir ein paar Tennisstunden zu geben.

«Ich fürchte, heute bin ich nicht in Form», seufzte

sie, während wir auf den Platz hinausgingen. «Ich habe eine scheußliche Nacht hinter mir.»

«Warum das?» fragte ich, nicht sehr interessiert an Bibis scheußlichen Nächten. Aber ich wurde gleich munterer, als sie sagte:

«Gestern abend habe ich endlich diesem Weib meine Meinung gesagt!»

«Bertis Frau?» rief ich. «War sie bei dir?»

«Nein, nein. Ich habe sie angerufen.»

«Du hast sie –!» Ich war platt.

«Natürlich. Es war höchste Zeit. Sie muß endlich einsehen, daß sie Robert verloren hat. Er hat sich nun einmal für mich entschieden.»

«Und was hat sie dazu gesagt?»

«O Gott, erspar mir, diese Gemeinheiten zu wiederholen! Ich habe noch nie ein ordinäreres Frauenzimmer gehört. Armer Berti! Er muß in dieser Ehe Schreckliches mitgemacht haben.»

Von den Zuschauerbänken her schrie ein Lümmel: «He, ihr zwei! Soll das nun ein Match werden oder ein Kaffeeklatsch?» Dabei hatten wir nicht länger als ein oder zwei Minuten am Netz gestanden. Höchst ungern trennten wir uns. Ich hätte Bibi gerne noch von Ernst erzählt.

Wir schlugen ein paar Bälle hin und her, aber die meiste Zeit verbrachten wir damit, hinter jenen herzujapsen, die wir nicht erwischten und die auf dem Platz herumhüpften wie kleine gelbe Teufel.

«Hast du Darm oder Nylon?» schrie Bibi herüber, nachdem mein Ball noch vor dem Netz verhungert war. Ich ging hin, um ihr den Schläger zu zeigen.

Sie zupfte daran und meinte dann mit einem Achselzucken, nun sei ihr klar, warum meine Schläge so schwach seien. «Dieses Aas!» zischte sie. «Hat sie doch glatt behauptet, sie würde Berti immer noch lieben. Die und lieben! Die weiß doch gar nicht, was das ist!»

Von den Bänken her kamen mißbilligende Pfiffe. Ich ging deshalb eine Weile lieber nicht mehr ans Netz. Erst als Bibi mir zurief, ich müßte auch die Rückhand benützen, lief ich nach vorne, um mir erklären zu lassen, was eine Rückhand ist.

«Und der Gipfel der Frechheit ist –» Bibis Augen funkelten wild, «daß sie einfach behauptet, sie hätte von meiner Existenz nichts gewußt. Von mir nichts gewußt!» Sie lachte auf. «Dabei streiten sie sich meinetwegen Tag und Nacht.»

«Wer sagt das?»

«Nun, Berti natürlich, wer sonst?»

Ach, die arme Irre. Sie mag vielleicht wissen, was eine Rückhand ist, aber von den Männern hat sie keinen blassen Schimmer.

«Ihr beiden dort!» schrie einer der gelangweilten Zuschauer, die auf dem Tennisplatz eigentlich gar nichts zu suchen haben. «Sollen wir euch zwei Stühle bringen?»

Von diesen lästigen Zwischenrufen abgesehen, die unser Spiel empfindlich störten, gefiel mir Tennis ganz gut. Ich hatte es mir schlimmer vorgestellt. Freilich würde ich persönlich, wenn es nicht wegen Ernst wäre, einen ruhigeren Sport vorziehen. Und einen kleineren Platz. Ein Tisch in einem Café zum

Beispiel wäre mir groß genug. «Wenn du den Ball mehr in meine Richtung schlagen würdest, dann könnten wir öfter hin und her spielen!» schrie ich Bibi zu.

«Du mußt eben mehr laufen!» schrie sie zurück.

«Ich habe nicht vor, demnächst gegen Boris Bekker anzutreten!» schrie ich hinüber.

«Warum nicht!» schrie einer der Heinis von den Bänken her. «O Mann, gegen Sie hätte er keine Chance!»

Obwohl ich an diesem Abend den Arm mit dem Suppenlöffel nicht mehr bis zum Mund heben konnte, freute ich mich schon auf das nächste Spiel. Wie es wohl weitergeht mit Bibi und Berti? Ehrlich, mir schwante nichts Gutes.

Aber Ernst wird Augen machen, wenn ich ihn zu einem Match auffordere.

Was mir Sorgen macht, ist der Zustand meiner Garderobe. Eine geschiedene, finanziell nicht abgesicherte Frau hat eben anderes im Kopf als modische Credos wie «Mit einem Armani-Modell ist man zwölf Stunden am Tag bequem und unaufdringlich angezogen». Sie ist in ihren Ausverkaufshosen und dem Fusselpulli auch zwölf Stunden am Tag bequem und unaufdringlich angezogen. Bis jetzt hatte mich das nicht sonderlich gestört, aber nun wurde mir klar, daß ich mich in den letzten Jahren vernachlässigt hatte. Ich kaufte mir eine Modezeitschrift, um zu sehen, was momentan en vogue war, verglich das Abgebildete mit dem Krempel in meinem Schrank und brauchte einen Kognak, um den Schock zu überwinden.

Warum nähte ich eigentlich nicht selbst, wie Hanna? Das konnte doch nicht so schwierig sein. Ich rief sie an und bat sie, mir ein paar Schnittmuster zu leihen. Wir trafen uns im Café. Sie bestellte sich einen Riesenbecher «Coppa Malaga», ich einen Orangensaft. Verliebt zu sein hat bei mir einen wunderbaren Nebeneffekt. Wenn ich verliebt bin, habe ich keinen Appetit. Dann lebe ich von Luft und Liebe.

Hanna hatte mir die Hefte mitgebracht. «Behalte sie ruhig», sagte sie mit einem Seufzer. «Ich nähe nicht mehr. Es hat keinen Sinn. Wenn ich an unseren letzten Urlaub denke ... Ich trug zwei Wochen lang meinen Mantel und darüber die Autodecke.» Ihr Mann hatte sie zum Angeln in ein trauriges, eiskaltes Loch an einem eiskalten Fluß verschleppt. Die Ärmste. Es ist traurig, wenn einem im Leben nichts mehr bleibt, als Riesenportionen Eis zu verschlingen. Ich blätterte die Hefte mit den Schnittmustern durch und entschied mich für ein reizendes Gilet und ein entzückendes kleines Nachmittagskleid. Heute noch würde ich damit anfangen. Der Roman mußte etwas warten.

Flo ließ mich wissen, daß sie aus ihrer Hausmütterchenzeit mit dem Spießer Gottfried noch ein paar Stoffe herumliegen hätte. Wenn ich sie wollte, sollte ich vorbeikommen und sie holen.

Und ob ich wollte!

Als ich ihre Küche betrat, schrak ich zurück – irre

Discolichter blitzten durch den finsteren Raum. Aus einer Ecke kam Flos Stimme: «Ich bin hier ... Warte einen Moment.»

Ich hörte sie durch die Küche tappen, dann ging das Licht an. Sie knipste die Irrlichter aus und setzte sich wieder an den Tisch, auf dem ein Tellerchen mit einem Putenschnitzelchen und einer halben gedünsteten Zwiebel stand. «Einen Moment, ich muß mir nur die Sonnenbrille –» Sie kramte sie aus der Schublade, setzte sie auf und stocherte weiter in ihrem Essen herum. «Verrückt, was? Eine neue Diät, unheimlich wirksam. Sie beruht darauf, daß durch ungewohnte Farbeffekte das Aussehen der Speisen verfremdet wird und man so automatisch weniger ißt.»

«Und? Hilft's?»

«Fantastisch. Mir ist schon *vor* jedem Essen schlecht.»

Ich vermute, sie hat einen neuen Freund. Ich tippe auf einen wesentlich jüngeren, anspruchsvollen. Sonst würde sie nicht derart unsinnige Anstrengungen unternehmen.

Sie ließ die Hälfte des Schnitzelchens stehen, nahm die Sonnenbrille ab und fing an, in dem Schrank, den sie ihr «Museum» nennt, nach den Stoffen zu kramen. «Das könnte eigentlich schon wieder modern werden –» murmelte sie, ein schwarzes Kleid mit Spaghettiträgern und Rüschen am Saum aus dem Haufen übereinandergeschichteter Kleidungsstücke ziehend. «Es stammt aus meiner Zeit mit Richard. Er liebte mich als Mondäne.» Sie seufzte. «Aus dieser Zeit stammen auch meine Hühneraugen. Ich durfte bloß Stöckelschuhe tragen. Es war eine furchtbare Tortur. Gott sei Dank kam danach Heino, der Drachenflieger. Es war zwar ein bißchen langweilig, die ewige Warterei, während er flog, aber ich konnte meine Beine schonen. Damals fing ich zu stricken an. Ich glaube, ich habe da noch –»

Sie versenkte sich erneut in ihr Museum und tauchte mit einem angefangenen Pullover, in dem noch die Nadeln steckten, wieder auf. Und mit einem rotkarierten Wanderhemd.

«Peter», sagte sie. «Der Bergsteiger. Aus seiner Zeit stammt mein Überbein am rechten Fuß. Möchtest du es? Das Hemd meine ich, nicht das Überbein. Obwohl ich dir das liebend gern abtreten würde.»

Ich lehnte dankend ab. Ich hasse rotkarierte Wanderhemden, seit Scharen von ihnen mein Informationshäuschen heimsuchen, um sich nach allen möglichen und unmöglichen Wegen zu erkundigen.

Sie fand auch die Stoffe. Aus dem einen werde ich eine Bluse nähen, der andere dürfte sich für das Gilet eignen.

«Stell dir vor, ich habe angefangen, Tennis zu spielen», sagte ich, während Flo weiterkramte.

Sie hielt inne. «Du?» Sich auf die Fersen hockend, schaute sie mich ungläubig an. Dann nickte sie. «Ich verstehe! Es ist wegen deinem Neuen.» Sie schüttelte den Kopf. «Wir Frauen sind schon seltsame Hühner. Für jeden neuen Mann in unserem Leben verwandeln wir uns in eine neue Frau. Und sie? Ha! Wenn einer unseretwegen in ein Konzert geht, erwartet er eine lobende Erwähnung im Gemeindeblatt. Bei zweimal Rasieren täglich spekuliert er auf die Heiligsprechung. Du lieber Himmel!»

Arme Flo. Es ist zweifellos diese blöde Diät, die ihr so zusetzt. Ich denke schon, daß die Liebe ein paar kleine Opfer wert ist.

Zumindest für einen Mann wie Ernst.

Ach warum, mein Geliebter, sind wir nie allein?

Für die Liebe ist Platz in der kleinsten Hütte. Aber was mach' ich mit den Kindern?

«O Mann, meine Mutter ist ja so was von naiv! Jedesmal, wenn der Amigo bei ihr ist, spielen sie Wagner. Als ob ich nicht wüßte, was da vorgeht!»

«Meine schickt mich radfahren. Es hängt mir schon langsam zum Hals heraus. Und verdammt, was mach' ich im Winter?»

«Reg dich ab, Kleiner! Sie bezahlt dich gut dafür», meldete sich eine dritte Stimme. «Wißt ihr, was er sich für die Bestechungspiepen gekauft hat? Ein prima Mountainbike.»

Das Gespräch wurde von einer Runde Halbwüchsiger am Nebentisch geführt. Nicht, daß ich gelauscht hätte. Aber ich hätte mir die Ohren verstopfen müssen, um die Unterhaltung nicht zu hören.

Sie gab mir zu denken. So ging's auch. Aber Bestechung kam bei drei Kindern nicht in Frage. Da wäre ich sehr schnell bankrott. Und Wagner vertrage ich nicht.

Wo ist das gute alte Kino geblieben, in das man die lieben Kleinen schicken konnte, wenn man jenes traute Heim, für das man Miete, Strom und

Müllabfuhr bezahlt, einmal zu etwas Vergnüglicherem als zum Kochen und Staubwischen benutzen wollte?

«Ich ärgere mich grün und blau, wenn ich Filme wie den gestern abend sehe», schimpfte neulich eine Bekannte. «Hast du ihn dir angeschaut?»

Ich schüttelte den Kopf.

«Du hast nichts versäumt, glaub mir. Einer dieser völlig unrealistischen amerikanischen Schinken. Da hat die Frau, die keinen Tag älter aussah als fünfundzwanzig und ihre Kinder in einem Umhängebeutel ausgetragen haben muß, denn sie hatte anstelle des Bauchs eine Grube, also diese Frau hat fünf Kinder, einen Hund und drei Katzen; aber kaum erscheint ihr Freund auf der Bildfläche, verschwinden Kinder, Hund und Katzen, wie von der Hand der guten Zauberfee hinweggefegt. Bloß ein süßes kleines Kätzchen liegt noch auf dem weißen Schaffell vor dem Kamin – und das schläft. Ich hasse solche Filme. Ich habe nur ein Kind, aber du kannst sicher sein, daß es sich gleichzeitig im Wohnzimmer, in meinem Schlafzimmer, in der Küche und im Bad aufhält, sobald ich einen Mann einlade. Gleichzeitig, sage ich!»

Ich kann sie verstehen. Diese ständige Belagerung führt zur Frustration und bisweilen sogar zu Verfolgungswahn. Ich kenne das. Wenn ich auch nie so weit gehen würde wie Roswitha, die steif und fest behauptet, sie hätte ihre Katze dabei überrascht, wie sie im Nebenzimmer an der Wand hockte, ein Ohr gegen die Mauer gepreßt. Eines ist sicher: Kinder, die man normalerweise nur beim Essen sieht, wo sie genau vier Wörter von sich geben, nämlich «Ist noch Eis da?», führen sich auf, als hingen sie an Mütterchens Nabelschnur, sobald etwas auftaucht, das einem Liebhaber auch nur im entferntesten ähnelt.

Warum, o mein Geliebter, sind wir nie allein?

Warum muß Ernst auch bei seiner Mutter leben, anstatt in einem jener intimen kleinen Studios mit winzigen Küchen und riesigen Betten, wie es einem Junggesellen zustünde?

«Und du glaubst, das wäre das Nonplusultra? O Mädchen!» Flo grinste, als ich mich bei ihr beklagte. «Bei Junggesellen mit eigenen Häusern oder hübschen Wohnungen findest du dich schneller mit einem Staubtuch in der Hand wieder als im kosigen Bettchen ... Es bleibt immer noch das Auto.»

«Das Auto! Erinnere mich nicht an diese Pleite!» schrie Hanna, als ich ihr mein Dilemma klagte. Sie legte die Stickerei zur Seite und beugte sich über den Tisch. «Soll ich dir erzählen, was passierte, als ich meinen dazu überredete, doch wieder einmal im Auto ... du weißt schon, was ich meine? Ich hoffte, es würde so werden wie früher. Wie früher! Du lieber Himmel! Erst weigerte er sich, von der Straße weg in einen Waldweg zu fahren, weil er befürchtete, die Zweige könnten den Lack zerkratzen, dann jammerte er um seine neuen Schonbezüge, die was abkriegen könnten, und dann stieß er mit dem Knie an der Hupe an und erlitt einen Wutanfall.» In ihren Augen schimmerten Tränen. «Wenn ich an früher denke ...»

Arme Hanna.

Ich war unterwegs zum Strandbad, wo mein lieber Schatz schon auf mich wartete. Ich sah ihn vor mir, aus Handtüchern und Luftmatratzen eine Burg für uns bauend. Ein überfülltes Strandbad ist zwar nicht der Traum von einem Liebesnest, aber verliebte Männer können einfallsreich sein ...

Als ich hinkomme, kann ich mein Badehandtuch gerade noch zwischen zwei Liebespärchen quetschen und das auch nur, weil sie aus platzsparenden Gründen aufeinander liegen. Leider hat mein Liebling auch keine Burg gebaut. Sein Handtuch baumelt vom Geländer des Sprungturms, und er selbst pendelt zwischen diesem und dem Wasser hin und her, mit dem Kopf voraus. Ich setze mich auf den Steg und schaue ihm zu, bis mein Hinterteil weh tut. Und die Pellhaut auf der Ferse des Mannes vor unserer Nase ist, als wir uns endlich hinlegen, auch nicht unbedingt der schönste Anblick. Aber der Moment, als die Hand meines Lieblings meine Hüfte streift, ist echt ein Höhepunkt. Vielleicht wäre noch was Wunderbares daraus geworden, aber leider ist es kurz vor vier, und um vier gibt es den besten Wind. Da trifft der Liebling sich mit seinen Kumpeln zum Surfen.

Auch auf dem Surfboard macht er die beste Figur von allen. Wann werden diese Hohlköpfe von Sportartikelherstellern endlich das Surfboard für zwei Personen auf den Markt bringen?

«Hat er dich überhaupt schon einmal ausgeführt?»

Hanna stichelte schon wieder an ihrer Tischdecke. Auf dem Bildschirm flimmert ein alter Heidifilm, ohne Ton.

«Natürlich!» sagte ich. Na gut, es war zwar nur eine Bratwurst an einem Imbißstand gewesen, aber als Ausführen im weitesten Sinn konnte es gelten. Und außerdem, wohin führt ihr Mann sie schon aus? Doch höchstens in die Garage, wenn die wieder einmal geräumt werden muß.

«Ich sag dir, mit dem stimmt was nicht!» Hanna fuchtelte mit der Nähnadel in der Luft herum. «Wenn einer mit achtunddreißig noch nie verheiratet war, ist was faul an der Sache.»

«Keine Sorge, mit Ernst ist alles in Ordnung. Schließlich müssen ja nicht alle Männer heiraten, kaum daß sie aus den Windeln sind.»

«Na, du mußt's ja wissen.»

Ich hätte ihr gern gesagt, daß Ernst kein Mann ist, der ein schnelles sexuelles Abenteuer sucht. Ihm geht die Kameradschaft vor. Aber ich hatte keine Lust, lange Erklärungen abzugeben. Die Freundschaft zwischen Hanna und mir ist nicht mehr das, was sie einmal war. Hanna hat sich verändert. Die Frustration einer vernachlässigten Ehefrau kommt eben doch im Laufe der Zeit zum Vorschein. Aber ich würde für sie in Zukunft ohnehin nicht mehr viel Zeit haben, jetzt, wo ich Ernst hatte.

Beim Abendessen hebt meine Tochter den Blick vom Teller und läßt ihn mit demselben Ausdruck auf mir ruhen, den sie hat, wenn sie eine Zecke im Fell unseres Katers entdeckt. «Du siehst aus wie die Thatcher», sagt sie nach Beendigung ihrer Inspektion.

«Jetzt mach aber einen Punkt, ja? Meine Nase ist völlig in Ordnung.»

«Wer redet von deiner Nase? Es ist die Frisur. Laß dich doch einmal von einer anderen Friseuse bedienen. Die Manuela ist nicht schlecht.»

«Von einer anderen Friseuse! Du hast leicht reden!»

Wirklich, diese jungen Gänschen wissen nicht, was sie sagen. Von einer anderen Friseuse! Es ist leichter, den Ehemann oder die Staatsbürgerschaft zu wechseln, als die Friseuse. Ich sehe das Malheur deutlich vor mir:

Sie kommt mit ihrem reizenden Lächeln auf mich zu, sie, die mich seit Jahren frisiert – wie die Thatcher, lächerlich! – und die jetzt eine andere Kundin warten läßt, um mich vorzunehmen, und ich, was sage ich? «Tut mir leid, Frau Maria», sage ich, «ich möchte von nun an von Fräulein Manuela bedient werden.»

Ich bin kein ausgesprochener Feigling, ich habe einiges hinter mir, die Scheidung, drei Geburten und rund fünfzig Elternsprechtage, aber das – nein, nein und noch einmal nein!

Und wenn sie nun doch recht hat? Ich schleiche vor den Spiegel und . . Sie hat recht. Da also liegt der Hase im Pfeffer. Habe ich mir wirklich eingebildet, ich könnte mit einer solchen Frisur einen Mann wie Ernst um den Verstand bringen? Kein Wunder, daß er sich lieber auf ein Surfboard stellt.

Was soll ich tun? Ich werde den Salon wechseln. Besser noch wäre den Wohnsitz. Aber das geht nicht. Ich will dort sein, wo mein Schatz ist.

Wenn sich nicht bald was tut, kriege ich einen Koller.

Aber es ist unmöglich, sich näherzukommen, denn in meiner Wohnung geht es zu wie in einem Taubenschlag. Daß auch ich ein Privatleben haben könnte, auf die Idee kommt keiner. Bloß für sich selber nehmen sie Privatsphäre in Anspruch. Wenn die telefonieren, würden sie sich am liebsten in die Waschmaschine setzen und das Bullauge schließen.

Nun, es sind eben doch noch Kinder. Einmal werden auch sie erwachsen und einsichtig werden und erkennen, was sie an ihrer Mutter haben. Andererseits erschreckt mich der Gedanke, sie könnten allzu schnell erwachsen werden. Gestern zum Beispiel. Ich fuhr sehr hungrig von der Arbeit heim, vor meinem geistigen Auge köstliche Omeletten, gefüllt mit Marmelade. Und was passierte, als ich die zwei Eier aus dem Kühlschrank nehmen wollte, die am Morgen noch drin waren? Keine Eier da. Ich schnupperte. Na klar. Da roch es doch eindeutig nach Rühreiern.

«Ich war's nicht!» verteidigte sich mein Jüngster, der als einziger daheim war. «Sie war es.»

Das sieht meiner Tochter ähnlich. Kochen kann sie zwar nicht, aber meine Eier wegessen, das kann sie.

Ich ersuchte meinen Sohn, mir welche vom Campingladen zu holen, der um die Zeit noch offen hatte, wohl wissend, daß nun eine ermüdende Diskussion folgen würde, auf die ich mich bereits geistig einstellte. Ich wußte jetzt schon, was er sagen würde, es ist immer die gleiche Leier. Auch meine Antwort ist immer dieselbe, nämlich: «Was heißt, warum gerade ich? Weil du hier bist, deshalb.»

«Ich gehe ja», sagte er.

«Frage ich vielleicht jedesmal, wenn was zu tun ist: Warum gerade ich?» zeterte ich. «Von euch höre ich nichts anderes.»

«Ich geh' ja schon, zufällig habe ich Zeit.»

«Natürlich hast du keine Zeit. Wann hat einer von euch schon Zeit, wenn ich was brauche!» Himmel, ständig bringen sie mich in Rage.

«Mensch, so hör doch zu! Ich habe gesagt, ich gehe!»

Halt, was hat er eben gesagt? Er geht? Mein Sohn geht? Ohne Diskussion, einfach so? Ich griff ihm an die Stirn. Nein, er hatte kein Fieber. Er nahm mir das Geld aus der zitternden Hand und ging. Mich traf fast der Schlag. Ich mußte mich hinsetzen, so nahm mich das her. Mein Gott, was ist da passiert? Habe ich endgültig deinen Willen gebrochen, Kind? Ich, deine Mutter, die immer so stolz darauf war, ihre Kinder zu unerschrockenen Menschen mit dem Recht auf freie Meinungsäußerung zu erziehen? Was bin ich geworden? Nun gut, ich kriege meine Eier. Aber was habe ich dafür nicht alles eingebüßt? Die unbeschwerte Kaltschnäuzigkeit der Jugend, ihre Unabhängigkeit, ihren komischen Humor – alles weg. Was würde ich von nun an um mich haben? Drei Erwachsene, die mir ähnlich sahen, die so ähnlich dachten wie ich, und mit denen ich mich zu Tode langweilte. Ich mußte mich damit abfinden, das war der Lauf des Lebens.

Meine Sorge war verfrüht. Ich hatte heißhungrig zwei Butterbrote verschlungen und lag schon im Bett, als mein Sonnyboy heimkam.

Ohne Eier. Aber das Geld hatte er noch.

Man redet heute soviel vom Generationenkonflikt. Also ehrlich, ich wollte, wir hätten einen. Vielleicht könnten wir dann etwas Konstruktives zu seiner Lösung beitragen. Nicht, daß wir keine Konflikte hätten. Aber wir verzetteln uns ständig mit total läppischen Dingen, zum Beispiel mit offenen Hemdknöpfen.

«Warum machst du den Knopf am Ärmel nicht zu?» beklage ich mich zum hundertsten Mal. «Es sieht so schlampig aus. Und du wirst ihn in die Suppe tunken.»

Und dann warte ich darauf, daß er endlich den verdammten Ärmel in die Suppe tunkt, um für alle Zeiten ein schlagkräftiges Argument zu haben. Aber es ist wie Hexerei: Einen Millimeter oberhalb der Suppe kommt der Ärmel stets zum Stillstand.

«Hast du genügend Socken und Unterhosen mit?» frage ich den Besitzer des offenen Hemdärmels besorgt. Er fährt nämlich weg. Nach Griechenland oder in die Türkei oder sonstwohin, so genau weiß er es noch nicht.

«Ich habe noch nicht gepackt», entgegnet er seelenruhig.

«Noch nicht –! Mensch, schau auf die Uhr! Es ist gleich neun.»

Es ist gleich neun, und um zehn geht sein Zug, und er hat nicht gepackt und sieht auch sonst so wenig reisefertig aus wie mein Gummibaum im Wohnzimmer. Mir flattert vor Aufregung der Magen. Mir! Fahre ich vielleicht weg? «Hast du einen Reiseführer? Ich könnte dir einen leihen.»

«Wozu?»

«Schau dir wenigstens die Blaue Moschee an.»

Mein Sohn öffnet den Mund zu einer Antwort.

«Wetten, er sagt jetzt: Die Blaue Moschee, was ist das?» sagt seine Schwester. «Und wetten, er nimmt nichts mit als seine Brieftasche und den Paß in einem Plastiksack?»

Damit hat sie allerdings unrecht. Er nimmt seinen Rucksack.

Zehn vor zehn fahren sie dann endlich zum Bahnhof, natürlich in meinem Auto. Zu dem Zeitpunkt bin ich schon ein nervliches Wrack. Ich habe schreckliche Visionen, sehe meinen Sohn auf den fahrenden Zug aufspringen, unter die Räder kommen und ein Bein verlieren, und mitten in dieser Horrorvision fällt mir ein: Auch die beiden anderen sind für ein paar Tage aus dem Haus. Du bist allein! Ganz allein! Das ist die Chance deines Lebens. Du wirst Ernst zum Abendessen einladen, mit Kerzen auf dem Tisch, einer Flasche Wein und einer romantischen Scheibe auf dem Plattenteller.

Schnurstracks saust du ins Schlafzimmer und dort zum Schrank, um nachzusehen, ob dein guter Morgenrock, der himmelblaue mit den Rüschen, gewaschen oder zumindest ohne Kaffeeflecken ist.

Dann beratschlagst du mit deiner Vertrauten Flo, was du kochen sollst. «Etwas Italienisches –» murmelst du. «Ernst hat einmal erwähnt, daß ihm das Essen in Bibione so gut geschmeckt hat. Eine gute Pasta . . . Danach Hühnchen, mit Rosmarin und Basilikum gewürzt und einem Schuß Weißwein in der Sauce, dazu Finocchio, junge Erbsen und Blumenkohl. Als Nachspeise ein Tiramisu. Wie klingt das?»

Flo grinst nur dämlich. «Ich würde mir über das Essen nicht den Kopf zerbrechen. Glaub mir, ein verliebter Mann würde panierte Schuhsohlen verdrücken, ohne es zu bemerken. Der denkt doch an was ganz anderes.»

Natürlich, sie hat recht. Auch du denkst insgeheim, daß er an was ganz anderes denkt.

Ach ja, der Mensch denkt und Gott lenkt! Oder wer immer am Schalthebel sitzen mag. Vielleicht ist es auch kein ganz so göttliches Wesen, sondern eines mit Pferdehuf und einem boshaften Funkeln im Auge . . .

Um fünf Uhr nachmittags fängst du an zu kochen. Vorher hast du dir die Haare gewaschen und sie auf eine Art gefönt wie Krystle in «Denver Clan», der du ohnehin ein wenig ähnlich siehst.

Zumindest, solange du nicht zu genau in den Spiegel guckst.

Um sechs stellst du dich unter die Dusche und fährst noch einmal schnell mit Shocking-pink über die Zehennägel.

Um halb sieben stellst du das Wasser für die Spaghetti auf. Im letzten Moment fällt dir ein, daß du den Schrank auch oben herum abstauben mußt, weil Ernst viel größer ist als du und folglich auch weiter oben den Staub sieht.

Nach dem Abstauben fängst du an zu warten.

Um halb acht lehnst du immer noch am Fenster und starrst auf die Straße. So hätte Julia auf ihren Romeo gewartet, mit Vierzig, wenn sie nicht rechtzeitig gestorben wäre. Ein grausiges Bild steigt vor dir auf: dein Geliebter, eingeklemmt in ein Autowrack, mit dem Tod ringend, neben sich, in Seidenpapier gehüllt, den Rosenstrauß. Denn daß ihm was passiert sein muß, ist klar. Ernst ist ein unheimlich pünktlicher Mensch, du weißt das von seinen Verabredungen mit seinen Sportsfreunden. Nie läßt er sie warten.

«Bist du krank?» sind seine ersten Worte, als er eine knappe Stunde später an deiner Tür klingelt. Er deutet auf deinen himmelblauen Morgenrock.

Welche Entschuldigung er hervorstottert, hörst du gar nicht. Du bist zu glücklich, daß er da ist, gesund. Diskret schielst du nach seiner Hand. Nein, da ist nichts in dieser Hand. In der anderen auch nicht. Jedenfalls nichts, das einem Rosenstrauß ähnlich sehen würde. Und wennschon. Es ist dir auch lieber so. Diese ständigen Mitbringsel sind sowieso eine blöde Gewohnheit. Als müßte man Eintritt bezahlen, wenn man wo eingeladen ist. Man bringt sich selber mit, und das ist doch mehr als genug, nicht wahr?

Nach dem ereignislosen Essen geht ihr zum gemütlichen Teil über. Ihr sitzt auf dem Sofa, vor euch der Wein, auf dem Plattenteller «Rondo Veneziano». Ernst blättert in einer Autozeitschrift, die auf dem Couchtisch lag. Aber seine freie linke Hand ruht auf deinem rechten Schenkel, und du bist sicher, in den nächsten Minuten würde etwas wunderbar Aufregendes passieren, du spürst deutlich die Wellen der Sinnlichkeit, die zwischen euch pulsieren – da läutet es an der Wohnungstür.

Du bist entschlossen, es läuten zu lassen, aber die verdammte Klingelei hört nicht auf. Also mußt du wohl öffnen.

«Wer ist da?» fragst du mit berechtigtem Unmut.

«Ich», entgegnet von draußen eine männliche Stimme.

Du öffnest die Tür. Draußen steht dein Sohn, der Griechenlandfahrer.

«Sie haben mir auf dem Bahnhof in Rom den Rucksack geklaut», sagt er. «Himmel, bin ich hungrig! Seit gestern mittag habe ich keinen Bissen gegessen. Hallo, Ernst, was machst du denn hier? Ist vom Abendessen noch was übrig?» Er deutet auf deinen verflixten Morgenrock. «Bist du krank?»

Du weißt, es ist nicht recht von dir, noch dazu, wo man ihm doch den Rucksack gestohlen hat und er am Verhungern ist, aber o Gott, in dem Moment hättest du deinen Herzenssohn glatt ermorden können.

Ich bin nun doch auf das Zeltfest gegangen. Ernst hat mich dazu eingeladen. Er sah fantastisch aus in seinem Trachtenanzug, dem man anmerkte, daß er aus einer Boutique stammte. Alle Frauen starrten ihn an, auch die meisten Männer. Ich notierte mir im Geist: Kriminalinspektor Ernest Rodford kauft sich einen solchen Anzug während eines Urlaubs.

Unterhalten konnte man sich nicht, dazu spielte die Kapelle zu laut. Aber es war auch so sehr nett. Wir aßen Bratwurst mit Senf und tranken Bier. Ich weiß gar nicht, was ich gegen Zeltfeste hatte. Sie sind doch sehr urwüchsig. Einmal holte mich Winfried zum Tanzen. Als er später noch einmal kam, sagte ich ab. Wirklich, der Mensch hat kein Benehmen. Er sah doch, daß ich in Begleitung war. Es war mir gerade noch rechtzeitig eingefallen, daß Stiergeborene sehr eifersüchtig sind.

«Wer war das?» schrie mir Ernst ins Ohr, nachdem Winfried ziemlich geknickt abgezogen war.

Ich tätschelte beruhigend seine Hand. Es ging also schon los. Ich werde ihm diese lächerliche Eifersucht abgewöhnen müssen. Aber im Moment war es für Verbesserungsversuche noch zu früh. Und zu laut. «Nur ein flüchtiger Bekannter! Du brauchst dir seinetwegen keine Gedanken zu machen!»

«Gedanken? Wieso sollte ich mir über ihn Gedanken machen? Sein Haarschnitt ist nicht übel. Ich hätte ihn gern gefragt, zu welchem Friseur er geht.»

Ich weiß nicht warum, aber plötzlich fühlte ich mich leicht deprimiert. Auch zum Tanzen kam ich nicht mehr. Ich werde es Ernst beibringen müssen. Eine dauerhafte Beziehung mit einem Mann, der nicht tanzen kann, führt nur zu sinnlosen Eifersüchteleien. Ich tanze nämlich sehr gern.

Dummerweise lag meine Wohnung am nächsten, so daß ich als erste aussteigen mußte und Ernst weiterfuhr, um seine Freunde heimzubringen. Aber das macht nichts. Am Wochenende bin ich ohnehin mit ihm allein. Da gehen wir zelten.

Die Wettervorhersage ist leider nicht besonders gut. Es ist ein Atlantiktief angesagt. Aber auch das kann seinen Reiz haben. Ein Zelt, auf das sanft der Regen trommelt, kann sich auf die Gefühle sehr stimulierend auswirken.

Zwei in einem Zelt – und Amor schießt daneben!

«Meine Frau», klagte kürzlich ein Bekannter, der mich gelegentlich zum Wandern mitnimmt, «ist eine von der Sorte, die sich vor jeder Pfütze anstellt, als müßte sie das Rote Meer durchqueren. Immer hat sie die falschen Schuhe an. Immer ist sie entweder zu warm oder zu kühl angezogen. Auf der einzigen Steinplatte weit und breit fällt sie hin und bricht sich das Bein. Es ist zum Verrücktwerden.»

Ich bedauerte ihn gebührend, wenn auch mit einem Quentchen Schadenfreude. Es ist eigenartig. Meistens heiraten sportliche Männer Frauen, die einen Berg nur mittels Seilbahn besteigen, und das in Riemchenschuhen mit Bleistiftabsatz. Ich habe über dieses Phänomen nachgedacht und bin zu folgendem Schluß gekommen: Die meisten Männer können sich einfach nicht damit abfinden, daß Frauen, die gute Kumpel sind, in der Regel auch wie gute Kumpel *aussehen.* Sie heiraten also eine, die nicht so aussieht wie ein guter Kumpel. Und dann jammern sie den Rest ihres Lebens darüber, daß sie mit ihrer Frau nichts unternehmen können. Am lautesten jammern sie auf Almhütten, vor sich ein Gläschen Schnaps und den Arm um die Schultern eines sportlichen, patenten Girls gelegt. Ja, so etwas hätten sie heiraten sollen! stellen sie dann mit vielen innigen Seufzern fest.

Ha ha, hätten sie bloß! Dann hätten sie jetzt nicht einmal auf einem Sechstausender Ruhe vor ihren Frauen. Denn hört man nicht immerfort die Männer darüber klagen, daß sie nirgends, aber auch wirklich nirgends mehr vor den Frauen sicher wären? Überall sind die jetzt anzutreffen, lamentieren sie, kürzlich hätte man sogar eine im Duschraum des Fußball-Weltmeisters vorgefunden. Überall sind sie, überall, überall!

Darauf sage ich nur: Meckert nicht. Erst wenn wir Frauen auch noch ernsthaft mit dem Fischen anfangen, dann, ihr Lieben, habt ihr wirklich Grund zum Klagen.

Um noch einmal auf die armen Kerle zurückzukommen, die wie mein Bekannter, der Bergfex, die falsche Frau geheiratet haben. So ganz schuldlos sind wir Frauen da auch nicht immer, fürchte ich. In unserer Verliebtheit und verflixten Anpassungsfähigkeit gaukeln wir den Männern die unglaublichsten Dinge vor. Eine, die schon von Schwindelanfällen heimgesucht wird, sobald sie nur auf die Waage steigt und von dort aus in die schreckliche Tiefe des Teppichbodens blickt, läßt sich von ihrem Freund ohne einen Muckser an ein Seil knoten und kriecht hinter ihm auf das Matterhorn. Bloß, um dort sein zu können, wo auch *er* ist. Wie kann so ein

Mann dann wissen, was für eine sportliche Niete er in Wahrheit kriegt?

Männer sind da viel unkomplizierter. Sie sind, wie sie sind, und damit basta. Mädchen, mit der Erfahrung meiner Jahre sage ich euch: Ihr braucht euch bloß auf dem entsprechenden Sportplatz umzusehen, und ihr findet genau den Typ, den ihr zu finden hofft. Sucht ihr einen smarten Freund, so einen mit Porsche und echter Rolex, dann fahrt zum nächsten Golfplatz. Auf Fußballplätzen wißt ihr bereits nach der ersten Viertelstunde haargenau, in welchem Verhältnis die Frauen um euch herum zu den einzelnen Spielern stehen – falls ihr euch für einen von ihnen interessiert. Und täuscht euch da nicht. Alle Frauen, die ihr dort trefft, stehen zu einem der Spieler in irgendeinem Verhältnis. Keine andere würde so blöd sein, sich zwei Stunden lang auf eine harte Bank zu hocken, Wind und Regen ausgesetzt.

– Wenn sie Hurra! schreit und ihr Halstuch schwenkt, sobald der Stürmer mit einem Ball durchkommt, dann ist es seine derzeitige Freundin.

– Wenn ihr sie murmeln hört: «Haut ihm die Zähne ein! Mensch, so haut ihm doch die Zähne ein!» dann ist es seine Verflossene.

– Wenn sie strickt und nur aufsieht, sobald der Schlußpfiff ertönt, ist es seine Frau.

– Wenn sie ihm zuschreit: «Um Himmels willen, Fredi, doch nicht in den Matsch, ich habe die Hose gerade gewaschen!» ist es seine Mutter.

– Wenn sie darauf besteht, ihm in der Pause ein Wurstbrot und Kaffee in einer Thermoskanne in die Kabine zu bringen, ist es seine Großmutter.

«Hierher!» flüsterte Hanna, mich hinter den Heizkessel ziehend. «Hier dürften wir im Moment vor meiner Mutter sicher sein. Los, erzähl schon! Wie war es?»

«Wie im Paradies, bevor die Schlange vom Baum gekrochen kam», murmelte ich.

Diesmal schaltete Hanna erstaunlich schnell. «Du meinst, es ist nichts los mit ihm?»

Ich nickte, den Tränen nun doch sehr nahe.

Hanna sagte nicht: «Ich habe es dir ja gleich gesagt!» An zweierlei erkennt man eine wirklich gute Freundin: Erstens sucht man nicht fieberhaft die Ecken nach Spinnweben ab, bevor sie auf Besuch kommt. Und zweitens sagt sie nie: «Ich habe es dir ja gleich gesagt.»

Über unseren Köpfen hörten wir Hannas Mutter herumtrippeln, auf der Suche nach uns beiden.

«Vielleicht hat ihn bloß das schlechte Wetter deprimiert», flüsterte Hanna. Das sagte sie nur, um mich zu trösten. Denn *sie* hatte ihn ja längst durchschaut.

«Das Wetter!» schrie ich. «Daß ich nicht lache! Bei jedem Hagelkorn, das uns auf die Köpfe prasselte, blühte er mehr auf!»

Hanna bedeutete mir, leiser zu sein.

Ich flüsterte: »Er liebe die Herausforderung der Natur, hat er gesagt.»

Alles war schrecklich gewesen an diesem vergangenen Wochenende in den Bergen. Ich werde es nie vergessen: Allein im Zelt mit den nassen Klamotten und meiner verdammten Sehnsucht.

«Und was tat er?»

Ich lachte bitter auf. «Oh, Ernst war sehr beschäftigt! Erst versuchte er, ein Feuer zu machen.» Auch das war wohl eine Herausforderung der Natur. Nur blieb sie in diesem Fall die Stärkere. Wir aßen schließlich Sardinen aus der Dose. «Und dann lief er seinem Hemd nach.»

Es war das einzig Heitere an diesem Wochenende gewesen: Die Kuh, die durch den Regen galoppierte, während ihr Ernsts Reservehemd aus dem Maul flatterte. Als er sie einholte, hatte sie die halbe Rückenpartie bereits gefressen. Ich seufzte. «Und dann spielten wir Schwarzer Peter.» Ich seufzte nochmals. «Vielleicht, wenn ich nicht wegen dieser verdammten Kälte zwei Pullis und die wollene Strumpfhose angehabt hätte . . .?» Obwohl ich es in der Tiefe meines Herzens natürlich längst besser wußte. Als ob sich ein verliebter Mann von wer weiß wie vielen Pullovern und wollenen Strumpfhosen abhalten lassen würde! «Der Schwerpunkt liegt dabei eben auf dem Wort ‹verliebt›», stellte ich fest.

«Oder auf dem Wort ‹Mann›!» sagte Hanna grimmig. «Und er hat dich nicht einmal geküßt?»

«Doch, bevor er sich umdrehte, um zu schlafen. Hierher.» Ich zeigte ihr, wohin: zwei Zentimeter unter dem rechten Auge.

Er schlief die ganze Nacht wie ein Murmeltier. *Er* hatte ja auch einen mollig warmen Daunenschlafsack. Ich dagegen lag wach in meiner Wolldecke, während die eisige Kälte vom Boden herauf in meine Glieder gekrochen kam und sich mit der noch eisigeren Kälte paarte, die aus meinem Herzen strömte. Eine Kuh brüllte dumpf und schaurig, und der Regen trommelte auf die Zeltplane, und Ernst schlief. Er schlief, anstatt mich in die Arme zu nehmen und zu wärmen, wie man es von einem Gentleman erwarten durfte. Es war sehr frustrierend. Himmel, wie gut hatten es die Frauen doch früher, als sie noch nach Herzenslust hysterisch werden durften! Damals, in den guten alten Zeiten, war es durchaus erlaubt, sich die Haare zu raufen, in Ohnmacht zu fallen oder den Männern die Pantoffeln an den Kopf zu werfen. Aber heute sind wir Frauen so verdammt vernünftig, weder werfen wir mit Dingen um uns, noch fallen wir in Ohnmacht oder kreischen. Ich atmete tief durch.

«Warum gerate ich immer an solche Nieten?»

Hanna tätschelte meinen Arm. «Nimm's nicht zu tragisch. Du bist eben momentan in einem Wellental. Aber nach jedem Tief kommt wieder ein Hoch.»

«Hast du Tal gesagt?» Ich lachte auf. «Das sind keine Täler. Das sind grenzenlose Tiefebenen ... Zu dumm, jetzt muß ich mir für meinen Krimi einen anderen Inspektor suchen. Diese taube Nuß kann ich selbstverständlich nicht mehr gebrauchen. Zu ihm würde mir jede positive Beziehung fehlen.» Ich konnte mir gar nicht mehr vorstellen, wie ich überhaupt jemals hatte auf die Idee kommen können, Ernst als Vorbild für meinen Kriminalinspektor zu nehmen. Es war geradezu absurd.

«Nimm ihn als Opfer», schlug Hanna vor.

«Ein Opfer habe ich schon.»

«Dann als Mörder.»

Es ist schön, eine gute Freundin zu haben. Ich schämte mich zutiefst, jemals an ihrer Zuneigung gezweifelt zu haben. Hannas Abschiedsgeschenk, ein Glas ihrer selbstgemachten köstlichen Pflaumenmarmelade, an die Brust gedrückt, schlich ich mich zur Kellertür hinaus, sehr vorsichtig, um nicht im letzten Moment ihrer Mutter in die Arme zu laufen.

Als Mörder? Warum nicht? Dafür würde einer wie er gerade noch taugen. O Gott, ich wollte, ich hätte diesen amourösen Blindgänger wenigstens hassen können.

Aber nach all meinen Enttäuschungen war ich selbst dazu zu erschöpft.

Kein Mann im Haus – und der Wasserhahn tropft

Wenn im Hinterzimmer der «Reblaus» an unserem Stammtisch von den alten Römern geschwärmt wird, die sich ihre Locken mit Lorbeer bekränzten und nackt in den öffentlichen Thermen herumsprangen, dann sind das echte Notsignale. Sicher, dem wäre leicht abgeholfen. Man bräuchte bloß ein männliches Wesen anzurufen, das nichts lieber täte, als einem in Notstandssituationen beizustehen. Aber was mache ich? Ich stehe vor dem Telefon und getrau mich nicht. Das ist lächerlich, sage ich mir, du mußt doch bloß eine der Nummern wählen, die in deinem zerfledderten, eselsohrigen Büchlein stehen, und die Stimme am andern Ende fragen, ob sie Zeit für dich hätte.

Warum, verflixt, tust du es nicht?

Weil ich ein verdammter Feigling bin, deshalb. Frauen warten, bis sie angerufen werden. Basta. Sie warten, bis ihnen der Lack von den Nägeln blättert! Es ist seltsam. Warum wird man nur dann angerufen, wenn man ohnehin schon was vorhat, sich gerade die Haare wäscht oder im Fernsehen ein Film mit Richard Chamberlain läuft? Nie, aber auch wirklich nie, klingelt es, wenn man mit aufgestützten Ellbogen am Tisch sitzt und aus Langeweile Brotkrümel über das Tischtuch schiebt.

Gestern kratzte ich all meinen Mut zusammen und rief Winfried an. Seine Mutter war am Apparat. Sie sagte, ihr Sohn sei nicht zu Hause, obwohl ich im Hintergrund deutlich eine männliche Stimme hörte, die sagte: «Sag, ich bin nicht zu Hause.»

Ich hasse ihn.

«Ich habe gehört, in Düsseldorf gibt es ein Nachtlokal, in dem appetitliche junge Männer in Tangas servieren», sagte eine in unserer traurigen Runde im Hinterzimmer der «Reblaus».

Berta fragte, sich die Lippen leckend: «Wieviel haben wir eigentlich in unserer Spielkasse?»

«Ich kannte einen, der legte den tollsten Strip für mich hin», sagte Flo und lächelte erinnerungsselig.

«Wirklich? Einen bis zum Ende?»

Flo nickte. «Bis zum Ende. Blas bitte den Rauch nicht in meine Richtung, Berta.» Sie hat vor zwei Wochen mit dem Rauchen aufgehört. «Seit ich nicht mehr rauche», erklärte sie, «habe ich eine Nase wie ein Luchs. Früher konnte ich Chanel nicht von einem Fleckenputzmittel unterscheiden. Jetzt hat die Welt neue Dimensionen. Du solltest unbedingt damit aufhören», ermahnte sie Berta, die sich eine Zigarette an der anderen ansteckte. «Rauchen begrenzt die Kapazität der Sinne, weil es die Blutzufuhr zum Gehirn verlangsamt. Von Lungenkrebs und deinen Arterien will ich gar nicht reden. Außerdem ist jeder, der heute noch raucht, mitschuldig an der Zerstörung unserer Umwelt. Jede Zigarette über fünfzehn Stück pro Tag verkürzt dein Leben um eine Viertelstunde. Hast du das gewußt?»

Berta zündete eine neue Zigarette an. «Nein, habe ich nicht. Aber es ist beruhigend, das zu wissen, denn laut dieser Rechnung bin ich seit zwei Jahren tot, was kann mir da also noch Schlimmes passieren? Wie ist es dir gelungen?»

«Reine Willenskraft. Wenn ich heute an eine Zigarette auch nur denke, wird mir übel.» Flo brach von einem Streichholz das Köpfchen ab und fing an, daran herumzukauen.

«Übrigens, machst du deine verrückte Diät noch?» fragte ich.

Sie schüttelte den Kopf. «Ich brauche keine Diät mehr. Seit ich nicht mehr rauche, bin ich vollkommen im Gleichgewicht.» Sie grapschte nach den Kartoffelchips und verknabberte sie schneller als ein hungriges Häschen seine Karotten. «Gewichtsprobleme existieren nämlich nur hier drinnen.» Sie klopfte sich gegen die Brust.

«Was ist das?» Ich griff nach dem Blatt, das Gerti in der Hand hielt und das sie vermutlich aus einer Illustrierten herausgerissen hatte.

«Magerix! Ein neues, ganz tolles Abmagerungsmittel. Zehn Kilo in zwei Wochen, ohne zu hungern.» Gerti ist echt naiv. Sie studiert sogar die Postwurfsendungen.

«Habt ihr schon von der neuesten Diät gehört?» fragte Inge. «Junkfood.»

Ein paar schon leicht Eingerostete unter uns mußten wir aufklären – Junkfood, das sind Kartoffelchips, Hamburger und solches Zeug.

Vier von den anwesenden fünf Frauen mit Kindern meinten, eine solche Diät wäre absolut nichts Neues. Ihre Kinder hielten sie schon immer ein. «Gemüse», sagte eine von ihnen, «essen sie prinzipiell nur, nachdem ich es gehackt, zu Mus verkocht, in altem Öl ausgebacken und als Greenburger auf den Tisch gebracht habe.» Die notwendigen Vitamine praktiziere sie ihnen in flüssiger Form in die Ketchupflasche.

«Verflixt, wo sind die Zahnstocher?» schimpfte Flo.

Es waren keine aufzutreiben.

Sie holte sich an der Theke einen Rollmops, zog den Zahnstocher heraus und biß darauf herum, daß Holz und Zähne krachten.

«Ich habe gehört, Kaugummi hilft, wenn man aufgehört hat zu rauchen», sagte ich milde.

Sie fuhr mich an: «Wieso helfen? Ich brauche keine Hilfe. Ich fühle mich wunderbar. Jedenfalls besser als du.»

Sie hatte recht. Ich fühlte mich wirklich nicht besonders. Ich dachte soeben an Resi Reichenberger. Resi hat mich gestern angerufen. Sie gehört zu denen, die einen nur anrufen, wenn sie was Tolles zu erzählen haben. Wenn ich was liebe, dann sind es solche Anrufe, ehrlich. «Hab ich dir eigentlich schon gesagt, daß ich einen reizenden Mann kennengelernt habe? Ach nein, wirklich nicht? Du, es war Liebe auf den ersten Blick. Er ist Anwalt, sehr erfolgreich, Witwer, fährt natürlich einen Superwagen und kennt die besten Lokale. Er trägt mich auf Händen.» Und in der Leier ging es weiter, bis sie fragte: «Und du? Was machst du eigentlich immer so?»

«Ich? Im Moment versuche ich, mir in den Hintern zu beißen», sagte ich und knallte den Hörer auf die Gabel.

Frauen wie sie sollte man sich unbedingt vom Leibe halten. Sie gehören zur selben Sorte wie die, die einem innerhalb von fünf Minuten erzählen, daß ihr Sohn soeben die Doktorarbeit beendet und die Tochter ihr einen selbstgestickten Gobelin geschenkt hat, und daß ihr Mann sich für ein halbes Jahr beurlauben läßt, um mit ihr eine Weltreise zu machen.

Warum erzählen einem solche Weiber nie etwas, das einen aufbauen würde, zum Beispiel, daß sie sich einen Stiftzahn ausgebissen haben?

In der «Reblaus» gab es wenigstens eine kleine Abwechslung. Flo fing mit einem Mann an der Theke Streit an und wurde immer aggressiver. Wir sahen keinen anderen Ausweg, als ihr eine Zigarettenschachtel unter die Nase zu halten, was sie prompt besänftigte. «Nur diese eine!» murmelte sie zwischen zwei gierigen Zügen. «Zigaretten geben mir absolut nichts mehr.»

Ich glaube, sie hätte nicht gleichzeitig diese Diät

machen und mit dem Rauchen aufhören sollen. Und wenn schon Diät, dann eine vernünftige. Kürzlich las ich einen Artikel über die Haysche Trennkost. Das klang gut. Man darf dabei alles essen, nur trennt man Eiweiß und Kohlehydrate, da bei gleichzeitiger Einnahme der beiden das Kohlehydrat nicht verbrannt wird und sich in Fettpolster verwandelt. Oder umgekehrt. Jedenfalls kam es mir sehr logisch vor. Ich probierte es auf der Stelle aus.

«Was? Keine Kartoffeln?» maulten die Kinder.

«Die gibt es am Abend», sagte ich.

Sie starrten mich verständnislos an.

«Was heißt das, die gibt es am Abend? Was sollen wir jetzt zum Fleisch essen?»

«Müßt ihr unbedingt bei jeder Mahlzeit Kartoffeln oder Nudeln mampfen?»

Ich hörte, wie der Ältere sagte: «Oje, sie hat schon wieder einen neuen Fimmel!» Und ich sah deutlich, daß sich der Jüngere hinter meinem Rükken gegen die Stirn tippte. Sie fraßen einen halben Laib Brot auf. Auch ich schnitt mir ein oder zwei Scheibchen ab, um die Sauce aufzutunken. Gehört Brot zu den Kohlehydraten? Irgendwo mußte ich doch eine Liste darüber haben . . .

Die Kartoffeln am Abend werde ich den Kindern mit Butter servieren, damit keine Maulerei aufkommt. Ich selbst werde darauf verzichten, denn Butter, da bin ich sicher, ist Eiweiß. Oder neutral? Mein Gehirn scheint bereits unter Mangelerscheinungen zu leiden. Ich werde mir doch ein Kleckschen Butter genehmigen. Wenn ich mich nicht beim Essen ein bißchen verwöhnen durfte, war es traurig. Was hatte ich denn sonst noch im Leben?

Es ist vieles so ungerecht in der Welt. Wenn wir Frauen uns ein Gläschen genehmigen und auf einen Schlag zwei Eisbecher verputzen, dann heißt es gleich, das tun wir, weil wir frustriert sind. Von Männern, die dasselbe machen, sagt man bloß, sie würden schon wissen, was sie tun, und ein Gläschen in Ehren kann niemand verwehren. Oder haben Sie schon einmal jemanden sagen hören: «Der Huber? Ist doch total frustriert. Putzt und fummelt den ganzen Tag.»

Man gerät furchtbar schnell ins Gerede, wenn man keinen Mann hat.

Leere Weinflaschen zum Beispiel werfe ich prinzipiell nur noch in dunklen, regnerischen Nächten in den Glascontainer, und selbst dann schaue ich mich noch sehr genau um. Ich beneide die Männer. Die haben in der Beziehung überhaupt keine Skrupel. Als ich neulich den Typ in seinem Hexenhaus aufsuchte, stolperte ich über eine Batterie von Bierflaschen.

«Warum stellen Sie sie nicht wenigstens wohin, wo sie nicht im Weg stehen?» sagte ich vorwurfsvoll.

«Wohin?»

«Unter die Spüle zum Beispiel.»

«Dort steht das schmutzige Geschirr.»

«Das gehört ins Spülbecken.»

«Dort habe ich Socken eingeweicht.»

Ich schlenkerte mit dem Kartoffelsack in meiner Hand. «Ich habe Ihnen etwas mitgebracht. Vorsicht!» rief ich, aber es war schon zu spät. Das süße kleine Kätzchen, das ich für ihn aufgetrieben hatte (eine Tochter von Morli, wenn auch nicht mit seinem phlegmatischen Temperament gesegnet), schoß aus dem Sack hervor, biß ihn in die Hand, sauste an seinen Jeans hinauf, sah, daß es da falsch war, biß ihn in den nackten Bauch, sauste wieder herunter und verschwand unter dem Ofen.

Er knurrte: «Und so etwas wollen Sie mir andrehen!»

«Ich dachte, Sie mögen Katzen?»

«Das ist keine. Das ist ein böser Fluch in einem Katzenfell. Hat sie ein Muttermal neben dem rechten Mundwinkel?» Wenn ja, murmelte er, könnte es der Geist seiner Exschwiegermutter sein.

Ich zuckte die Achsel. «Wenn Sie sie nicht wollen, dann muß ich sie eben wieder mitnehmen. Aber erst muß man sie wieder einfangen.»

«Sie reden genau wie meine Exfrau», murrte er. «Immer, wenn etwas zu tun war und sie ‹man› sagte, meinte sie mich.»

Er holte aus dem Kühlschrank ein Scheibchen Wurst und kniete sich damit vor dem Ofen nieder.

«Ich habe Ihnen den Rest der Kartoffelsuppe von Mittag mitgebracht», sagte ich.

Er schnauzte: «Wozu? Ich brauche keine milden Gaben.»

Ich grinste. «Ich dachte, mit Speck fängt man Mäuse.»

«Nicht mich! Minki ... Minki ... Ich habe keinen Hunger, habe gerade gegessen, Schweinsbraten mit Semmelknödel. Minki ... Minki ...» lockte er, mit der Wurstscheibe unter dem Ofen herumwedelnd.

Minki machte Geräusche, als wollte sie sich rückwärts durch die Wand graben.

«Hören Sie sich das an!» klagte er.

«Kein Wunder. Bei dieser Wurst würde ich dasselbe tun. Achtung, sie kommt!»

Aber es war schon zu spät. Das Tier sauste fauchend aus der Tür und hinauf in die höchste der Birken, wo es sich vorsichtig umdrehte, in die Tiefe blickte und auf das erbarmungswürdigste zu jammern anfing.

«Ich werde sie herunterholen müssen», murmelte er.

«Wenn Sie das tun, haben Sie ein für allemal ausgespielt.»

Er meinte, das hätte ein Mann, der ein weibliches Wesen in seine Nähe ließe, ohnehin, und verzog sich in sein Häuschen. Als ich gleich darauf nachkam, war der Suppentopf leer. Er hatte den Inhalt in ungefähr zehn Sekunden vertilgt, kalt wie er war, und das, obwohl er schon gegessen und keinen Hunger hatte.

Aber ich war zu diskret, um eine Bemerkung darüber fallenzulassen. Ich sagte auch nichts über die Sicherheitsnadeln, mit denen er seine Jeans zusammenhielt.

«Übrigens», meinte er so nebenher, «wann sperren Sie Ihr komisches Hundehüttchen zu?» die Augen auf die Birke gerichtet, wo das ärmste Kätzchen der Welt hockte, vor Angst bibberte und so kläglich schrie, daß sich vermutlich der heilige Franziskus im Grab umdrehte.

«Sie meinen mein reizendes kleines Büro? In zwei oder drei Wochen, bei Saisonschluß.»

«Und was tun Sie dann?»

«Wahrscheinlich fahre ich für ein paar Tage nach Italien.»

Er lachte höhnisch. «Mit der alten Bombe?»

«Mit was sonst?»

«Verstehen Sie denn was von Autos?»

«Ich weiß, daß der Motor vorne ist. Oder? Egal. Was geht Sie das an?»

«Sie kommen höchstens bis zur Grenze.» Ich war schon am Gehen, da rief er mir nach: «Wenn Sie wollen, fahre ich mit! Ich kenne mich mit Schrottbüchsen ziemlich gut aus. Und damit Sie mich recht verstehen – ich schlafe in der Jugendherberge oder sonstwo!»

«Wozu diese übertriebene Vorsicht!» schrie ich zurück. «Wo Sie doch ohnehin, Sie wissen schon was, sind!»

Ich hörte ihn lachen. «Sie könnten auf die Idee kommen, mich heilen zu wollen.»

«Danke, wenn ich mich nach Schwerarbeit sehne, gehe ich Kohlen schaufeln!»

«Also, wie ist's?»

«Ich werde es mir überlegen.»

Als ich mich noch einmal umdrehte, sah ich ihn

schon oben auf der Birke, und gleich darauf hörte ich ihn aufschreien.

Ich weiß nicht, woher ich die Stärke nahm, sein Angebot auszuschlagen, denn ich sah mich jetzt ständig am Straßenrand stehen, vor der hochgeklappten Motorhaube, mutterseelenallein, vollkommen verzweifelt. Aber wenn ich diesmal nicht mir gegenüber hart blieb, würde ich es nie schaffen, unabhängig zu werden!

Als ich ihm Bescheid gab, meinte der kleine freche Kerl, er sei heilfroh darüber, denn er hätte ohnehin nicht mehr die geringste Lust, mit mir und meinem desolaten Vehikel irgendwohin zu fahren. Außerdem könne er Minki nicht alleinlassen.

Das Katzenvieh saß am Tisch und leckte die Reste einer Sardinenbüchse aus. Vermutlich ihrer beider Mittagessen.

Arme und Beine von Minkis Herrchen sahen aus, als hätte man ihn nackt durch ein Distelfeld geschleift.

Jetzt in der Nachsaison wird es stinklangweilig in meinem Informationsbüro. Die meiste Zeit sitze ich da, starre vor mich hin und mache mir Sorgen. Ich sorge mich darüber, warum das mit Ernst nicht geklappt hatte, ich sorge mich wegen der salmonellenverseuchten Eier in England, wegen des Ozonlochs und meiner Rente und was aus dem Brüderchen jenes Zwillings geworden ist, den ich kürzlich allein in einem Doppelkinderwagen sitzen sah.

An meinen besseren Tagen erinnere ich mich an

mein Gelübde, unaufhaltsam auf dem Weg der Freiheit und Emanzipation weiterzuschreiten, und ich stelle eine Liste von Autoren zusammen, die mir dabei helfen könnten. Um fünf schließe ich das Büro ab, hänge das Papptäfelchen mit der Aufschrift «Komme gleich» an die Klinke, trotte hinüber in die Gemeindebücherei und frage nach einem Buch von Alice Schwarzer.

«Ja, mögen Sie denn die Schwarzer?» wundert sich Frau Peternell, eine pensionierte Lehrerin, die die Bibliothek führt. Ihrem Ton entnehme ich, daß es besser wäre, die Schwarzer nicht zu mögen. Aber ich habe es satt, mich immerfort anzupassen.

«Ja», sage ich fest. «Ich finde sie toll.»

«Ach nein, tatsächlich?» Frau Peternell lächelt wie jemand, dem man einen schlechten Witz aufgetischt hat. «Für meinen Geschmack ist sie zu radikal und ordinär.»

«Manchmal ist es notwendig, radikal und ordinär zu sein.»

«Aber nicht doch, meine Liebe!» Ihr Bärtchen auf der Oberlippe bebt. «Es geht auch anders.»

«Aber sicher! Und verdammt weit haben wir es dabei gebracht.»

«Nun, wenn man so aussieht wie die, dann bleibt einem wohl nichts anderes übrig, als die Männer zu hassen.»

O Gott. Das ist echt komisch. Das sagt eine, die sich selber schon lange nicht mehr im Spiegel angeschaut hat . . .

Von der Schwarzer hat sie nichts. Aber sie empfiehlt mir was von der Beauvoir, eine echte Intellektuelle und sehr emanzipiert. Dabei eine Dame durch und durch.

Wetten, sie denkt, ich könnte mir eine Scheibe davon abschneiden?

Ich nehme noch einen Maigret mit, von dem ich mir ein paar Anregungen für meinen eigenen Krimi erhoffe. Maigret ist keine schlechte Figur, bloß dieses ewige Nuckeln am Pfeifenstiel geht einem auf die Nerven. Das ist doch ziemlich infantil. Genaugenommen wäre Ernest Rodford auch eine ziemlich infantile Figur geworden, diese kindische Show mit dem Tennisracket und den ewigen T-Shirts unter dem Sakko, du lieber Himmel! Mein neuer Inspektor würde auf solche Mätzchen verzichten. Morgen, nehme ich mir fest vor, werde ich ernsthaft darüber nachdenken, wie ich ihn wirklich haben will. Auf keinen Fall wie Ernst, diese Comicfigur mit den rasierten Beinen. Der Mensch rasiert sich doch tatsächlich die Beine, um beim Radfahren weniger Widerstand zu haben. Hat man da noch Worte! Es ist mir schleierhaft, wie ich mich in einen präpotenten Typ wie ihn habe vergaffen können. Gottlob kann ich jetzt wieder mit dem blöden Tennisspiel aufhören. Das trifft sich gut, denn Bibi wäre momentan ohnehin nicht in der Lage, mit mir zu spielen. Sie hat eine starke Erkältung, hat sie mir am Telefon gesagt.

«Erkältung!» Inge lacht auf, als ich es erwähne. «Ich sag dir, wie diese Erkältung aussieht! Sie ist blau und grün und sitzt auf Bibis linkem Auge.» Sie weiß zu berichten, daß Berti einen Aschenbecher nach Bibis Kopf geschleudert hat, vermutlich als Reaktion auf ihren Anruf bei seiner Frau. «Einen aus Muranoglas. Du weißt doch, wie schwer die sind.» Inge seufzt genüßlich. «Er will Bibi nie wiedersehen.»

Auch ich will Ernst nie wiedersehen. Aber was passiert? Er kommt ins Büro, setzt sich hin, die Beine in den unverschämt kurzen Shorts lässig von sich gestreckt, das Hemd offen bis zum Nabel, so daß man seine haarige Matte sieht, und quatscht mit mir, als wäre alles bestens. Ich sage nichts als «ja» und «nein», wobei ich stur an ihm vorbeischaue. Denn wenn ich ihn ansehe, in all seiner männlichen Pracht und Herrlichkeit, würde ich am liebsten über den Schreibtisch hechten, ihn in die Arme reißen und auf der Stelle vernaschen.

Als er endlich weg ist, mache ich mit bebenden Fingern die Pralinenschachtel auf, die mir eine Zimmervermieterin als milde Bestechung gegeben hat, und verschlinge auf einmal acht Trüffelkugeln.

«Der Wasserhahn tropft», stellte mein Sohn eines Tages fest. «Sag einmal, hörst du das denn nicht?»

«Wie kann ich was hören bei dem Krach? Stellt das Gejaule leiser!» rief ich. «Er tropft schon seit Wochen.»

«Es gehört bloß eine neue Dichtung rein.»

Bloß eine neue Dichtung, sagt der Scherzbold. Genausogut könnte er erwarten, daß ich ein Computerprogramm erstelle oder zum Mond fliege.

Aber ich war hoch erfreut über seine Anteilnahme. «Wirst du das machen?» erkundigte ich mich.

«Ich, wieso ich?» jaulte das entsetzliche Kind und sauste davon.

Ich habe ein altes Unterhemd um den Wasserhahn gewickelt, das ich von Zeit zu Zeit auswringe. Es stört mich natürlich, aber nicht allzusehr, denn wir werden ja ohnehin in nächster Zeit ausziehen. Inzwischen beteiligen sich nämlich an der Suche nach Pepis Frau auch die zukünftigen Mieter aus der zweiten Etage des Neubaus, die ohnehin ihren Urlaub in Griechenland verbringen wollten. Während Pepi den Peloponnes absucht, so weiß Frau Grimm zu berichten, durchkämmen diese beiden guten Leutchen die Ägäis. Die vorletzte Karte von ihnen kam von der Insel Naxos. Eine blonde Frau und ein Individuum, das der Beschreibung nach genau dem Straßenmaler entsprach, sollen dort in der Taverne des alten Kosta gesehen worden sein.

«Alle Griechen lügen wie gedruckt», stellte Frau Grimm fest. «Was ist das für ein Affenkrach in Ihrer Wohnung?»

«Die Jugend hat heute einen schweren Gehörschaden», beklagte ich mich bei Hanna. «Aber sie hören das Rascheln, das entsteht, wenn ich eine Keksschachtel aufmache, durch zwei Wände. Verstehst du das? Was mich am meisten ärgert», fuhr ich in meinem Klagelied fort, «ist, daß sie selbst gar nicht tolerant sind. Was glaubst du, was die machen, wenn ich mir die Platte mit den Seemannsliedern von Freddy auflege? Sie stöpseln sich den Walkman in die Ohren, damit ihnen, nach ihren Worten ‹die Nudelsuppe nicht hochkommt›.»

Was mich aber noch mehr stört, ist, daß Donald Duck immer weniger wird. Fast nach jedem Discobesuch fehlt etwas – einmal ist es ein Seitenspiegel, dann ein Scheibenwischerblatt, und als ich vor ein paar Tagen den Blinker betätigen wollte, fehlte das Dingsda, das Hebelchen.

Nur gestern ist etwas dazugekommen: Als ich am Morgen vor dem Büro ausstieg, hörte ich vom Rücksitz her ein Geräusch wie ein Gähnen, und es erhob sich dort ein männliches Wesen, das sich die Augen rieb. Es war einer aus der Clique meines Sohnes. Sie hatten vergessen, ihn nach der Disco zu Hause abzuliefern.

Ich frage mich, was sie ständig in die Disco treibt. Sie tanzen nicht, sie reden nicht, und falls sie hingehen, um sich ein Mädchen aufzureißen, so habe ich davon noch nichts bemerkt. Vermutlich gehen sie aus reiner Langeweile hin.

Auch bei mir war es pure Langeweile, als ich mich dazu entschloß, mit der Näherei anzufangen, denn jetzt, da kein Mann mehr in meinem Leben ist, für den ich mich schönmachen könnte, fehlt mir die rechte Motivation dazu. Aber es wurde dann ohnehin nichts draus. Ich schaffte das Einfädeln einfach nicht.

Es half nichts, wenn ich mir immer wieder vorsagte: «Hier, siehst du, dieses Ding, das glitzert, das ist eine Nadel. Ja? Und jede Nadel hat ein Loch.

Man nennt es auch Öhr. Sie hat es am unteren Ende. Siehst du, hier –»

Ich schaute. Nein, ich sah nichts.

Da war kein Loch.

Da war auch kein Öhr.

Hilfe, man hat mir eine Nadel ohne Öhrloch angedreht! Aber vielleicht steckte sie bloß verkehrt in der Maschine, mit dem Loch oben? Ich drehte am Schräubchen, das die Nadel hält, sie fiel heraus und unter den Tisch, wo ich sie dann im Sommer, wenn ich barfuß gehe, sicher wiederfinden werde. Ich schraubte die nächste Nadel ein. Auch sie ohne Loch. Und die übernächste ebenfalls.

Meine Tochter fand mich, als sie gegen Mitternacht heimkam, eingeschlafen, mit dem Kopf auf der Maschine, getrocknete Tränen der Wut und Verzweiflung auf den Wangen.

Himmel, wie sollen wir Frauen uns emanzipieren und mit Optimismus und Elan in eine fortschrittsorientierte Zukunft schreiten, wenn man uns ständig Prügel vor die Füße wirft wie Nähnadeln ohne Löcher?

Gute Männer haben immer den gleichen Fehler: Sie sind verheiratet

Eines habe ich mir geschworen: Ich werde mich nie mit einem Verheirateten einlassen. Von der moralischen Seite ganz abgesehen, frage ich mich, was hat man von so einem?

Ich fragte eine Bekannte, die seit sieben Jahren die Freundin eines Verheirateten ist, er Bankdirektor, um die fünfzig, ein sympathischer Mann, gutsituiert, großzügig, humorvoll, aber eben verheiratet.

«Was ich von ihm habe? Langsam frage ich mich das auch. Gut, er bezahlt meine Wohnung und die Kleider, er hat mir ein Auto gekauft und kommt für dessen Kosten auf. Im letzten Urlaub waren wir in Kuba. Ein Wochenende im Monat verbringt er mit mir, meistens fahren wir nach Salzburg oder München, wo wir ins Theater gehen oder was man sonst eben dort so macht, nun, du weißt schon, das Übliche, aber ich frage mich wirklich, was habe ich von ihm?»

Sagte ich ja, was hat man von so einem!

Was man –! Himmel, was will dieses Weibsbild eigentlich, führt ein Leben wie eine Drohne und fragt noch, was sie von ihm hat! Wo nehmen hirnlose, egoistische, undankbare Gänschen wie sie Männer wie ihn bloß her? Auf die Knie würde ich fallen und dem Himmel für einen solchen Mann danken, wenn ich einen fände, was ich Gott sei Dank nicht tue, denn es brächte mich in einen argen Gewissenskonflikt.

Es ist ein Glück, daß die meisten diesbezüglichen Beispiele, die ich so vor der Nase habe, nicht gerade zur Nachahmung anregen. Ich brauche nur an Christine zu denken. Sie geht mit einem Verheirateten seit zwei Jahren. Sie hat noch kein Wochenende mit ihm verlebt, Weihnachten und Ostern verbringt sie im verdunkelten Zimmer, mit verquollenen Augen und Depressionen, sie hat noch nie mit ihm gefrühstückt und muß sich die Nägel kurz schneiden, um keine verräterischen Spuren auf seinem ehebrecherischen Corpus zu hinterlassen. *Wenn* sie einmal gemeinsam ausfahren, hockt sie geduckt auf dem Rücksitz, bis sie aus der Stadt sind.

Er liebt zwar seine Frau nicht und hat sie bloß geheiratet, weil sie nicht lockerließ und er damals doch noch ein so junges, hilfloses Lämmchen war, aber er bringt es nicht übers Herz, sie zu kränken.

Daß ihr im Fall einer Scheidung das halbe Haus zustünde und sie Anspruch auf Unterhalt hätte, hat damit jedoch nicht das geringste zu tun.

Aber auch Christine will keine Scheidung. Auch ihr ist ein verheirateter Mann lieber. Man muß nicht für ihn kochen und waschen, sagt sie, und sich anhören, wie er vor dem einzigen Ballbesuch der Saison nach seinen Manschettenknöpfen brüllt.

Ihrer Meinung nach wäre der ideale Freund ein Verheirateter, der daheim bekocht und bebügelt wird und dessen Frau sich mit Anstand damit abfindet, daß er eine Freundin hat.

«Wenn du das für die Lösung hältst, dann rede doch einmal mit Renate», sagte ich hohnlachend.

Ehrlich, was die mitmacht, wäre reif fürs Kabarett. Dabei hat Renates Freund eine Perle von Ehefrau. Sie hat sich, ohne Theater zu machen, in das Obergeschoß des Hauses zurückgezogen, als er sich in Renate verliebte, um seinem Glück nicht im Wege zu stehen. Sie führt ihm weiterhin den Haushalt. Obwohl er sie so schwer gekränkt und enttäuscht hat, ist sie ihm immer noch die allerbeste Freundin.

«Ich halte es nicht mehr aus!» stöhnte Renate, als wir uns das letzte Mal trafen. «Vorigen Dienstag, das war der Gipfel! Wir setzten uns gerade zum Abendessen hin, für das ich ein kleines Vermögen ausgegeben und drei Stunden am Herd gestanden hatte, denn es war der Jahrestag unseres Kennenlernens, da läutete das Telefon. Ich wußte gleich, es war sie.» Laut ihren Worten spielte sich das Folgende so ab:

«Sag ihr bitte, du rufst nach dem Essen zurück», bat Renate höflich.

«Natürlich, Schatz, mach' ich», sagte er, hob den Hörer ab und lauschte gespannt.

«Liebling –!» erinnerte ihn Renate.

Er legte die Hand auf die Sprechmuschel. «Es handelt sich um Bobby. Er liegt heute schon den ganzen Tag apathisch in seinem Körbchen und will nichts fressen. Von Zeit zu Zeit jault er. So.» Er machte vor, wie – wie ein liebeskranker Kojote. Dann hörte er weiter zu.

«Ich bitte dich, sag ihr doch, daß wir beim Essen sind!» rief Renate zehn Minuten später, begreiflicherweise schon ein wenig verärgert. Sie hatte eine Quiche Lorraine im Ofen.

Er rief: «Gleich, gleich!» und hörte weiter zu.

«Liebling, auf deiner Suppe hat sich eben eine Fliege das Bein gebrochen!» rief Renate eine Ewigkeit später mit dem letzten Rest ihres sprichwörtlichen Humors. «Sie ist auf dem Eis ausgerutscht.»

Daraufhin schloß er die Tür zum Vorraum, wo das Telefon steht. Die arme Renate hatte die Nase voll. Sie stürzte hinaus, entriß ihm den Hörer, kreischte: «Entschuldigen Sie, wir sind beim Essen!» und knallte ihn auf die Gabel.

«War das notwendig?» fuhr er sie an. «Schließlich hat sich meine Frau dir gegenüber weiß Gott großzügig gezeigt!»

Während des Essens, das inzwischen im Eimer war, sprachen sie kein Wort miteinander. Nachdem er den letzten Bissen hinuntergewürgt hatte, stürzte er zum Telefon und erkundigte sich, ob sie mit Bobby beim Tierarzt gewesen sei. Pause. Dann hörte Renate ihn sagen: «Ja, natürlich, wie dumm von mir! Du hast doch kein Auto ... Nein, Liebes, du kannst Bobby natürlich nicht tragen ... Selbstverständlich. Ich bin gleich fertig.»

«Wir wollten ins Kino gehen», erinnerte Renate ihn.

«Geh schon vor, ich komme nach. Du weißt, Bobby ist alles, was ihr geblieben ist.»

Er kam ins Kino, kurz bevor die Lichter angingen.

Nachher versöhnten sie sich wieder. Es wurde noch wunderschön. Sie standen knapp davor, von der Erde abzuheben, um in Arkadiens lieblichen Gefilden zu landen, da schrillte das Telefon.

Es war sie, um ihm zu sagen, daß er sich keine Sorgen mehr zu machen brauchte. Bobby ginge es wieder besser. Er hätte mit Appetit sein Hammipappi vertilgt, und jetzt werde sie, trotz der späten Stunde und obwohl sie sich ein wenig fürchte, so allein, ohne männlichen Schutz, noch eine Runde mit ihm machen, damit er sein Beinchen heben könne.

Als er ins Bett zurückgekrochen kam, war er zu einer Wiederaufnahme ihres unterbrochenen Arkadienfluges so wenig imstande wie ein Ballon ohne Gas zum Aufsteigen.

Nicht der allerschlimmsten Feindin würde sie einen Freund mit einer hochherzigen Ehefrau wünschen, sagte Renate. Dabei hat sie noch Glück, sage ich. Es gibt Fälle, wo sich betrogene Ehefrauen ganz anders rächen als mit ein paar harmlosen Telefonanrufen.

Moni, die Tochter einer Zimmervermieterin, die

gern mit mir plaudert, hat die Kaschmirpullover und Seidenhemden ihres Lumpen von Ehemannes bei neunzig Grad gewaschen. Die Idee dazu gab ihr eine Zeitungsnotiz. Ebenfalls einer Zeitungsnotiz zufolge machte eine gewisse Julia Turnbill ihren Mann stockbetrunken, dann rief sie den Notarzt, sagte, er hätte versucht, sich umzubringen, und ließ seinen Magen auspumpen.

Lotte Rieser, hier vom Ort, gab dem ihren ein Abführmittel in den Frühstückstee. Er ist Reisebuschauffeur und trat an dem Morgen eine zwölfstündige Fahrt nach Frankreich an. Dagegen ist das Juckpulver, das eine meiner Bekannten ihrem Mann in die Unterwäsche praktizierte, ausgesprochen harmlos.

Über was ich mich wundere, das ist nicht die Bosheit und Rachsucht dieser Frauen, denn die ist menschlich, sondern ihr Einfallsreichtum. Ich weiß, wäre ich an ihrer Stelle, mein Gehirn wäre eine einzige Wüste. Ich könnte nichts anderes denken als: mein Gott, bin ich unglücklich.

Auch Hanna geht es so. Als ich heute vorbeischaute, lag sie mit Teebeuteln auf den verschwollenen Augen im Bett.

Ich entfernte die Teebeutel, brachte ihr einen Schnaps und stopfte ihr ein Kissen ins Kreuz. «Was ist los?» fragte ich besorgt.

«Philipp hat eine Freundin», murmelte sie tonlos.

Philipp eine –! Ich mußte an mich halten, um nicht loszuplatzen. Der und eine Freundin! So etwas Komisches hatte ich schon lange nicht mehr gehört. Ich bitte Sie, wer würde schon einen Mann wollen, der allabendlich vor dem Fernseher einschlief, dessen Sprachschatz sich auf fünfzig Wörter beschränkte und der Hosen wie Kartoffelsäcke trug?

«Aber das ist doch kompletter Unsinn!» rief ich infolgedessen. «Oder gibt es einen Grund –?»

«Einen?» rief Hanna und kippte den Schnaps hinunter. «Dutzende! Man merkt es an allem. Er benimmt sich ekelhaft. Nichts ist ihm recht. Am Essen meckert er herum. Abends starrt er stumm in den Fernseher, bis er anfängt zu schnarchen, und er schnauzt mich an, wenn ich mit ihm reden möchte.»

Ich meinte, das alles sei wirklich kein Zeichen von Untreue, so war der gute Philipp doch, seit ich ihn kenne. Untreue Ehemänner würden sich anders verhalten, die brächten den Frauen plötzlich Blumen mit und wären besonders nett, um ihr schlechtes Gewissen zu beruhigen.

«Eben. Das ist es ja! Am Samstag brachte er eine Tafel Schokolade heim, und gestern hat er freiwillig den Müll rausgetragen. Und wie er herumläuft! Ständig in diesem scheußlichen Trainingsanzug, der an ihm hängt wie eine Elefantenhaut. Aber natürlich, wenn ein Mann eine andere hat, ist es ihm piepegal, was er daheim anhat.»

Sie fing wieder zu schluchzen an.

Ich tätschelte ihre Schulter. «Schätzchen, auch den trägt er doch, seit ich ihn kenne.»

«Ja, aber was du *nicht* weißt, ist, daß er, wenn er zum Doktor geht, zu seinen Bestrahlungen, dann zieht er das Seidenstickerhemd an und bindet sich einen Schlips um!»

Ich streichelte ihr Knie. «Hanna, auch das hat nichts zu bedeuten. Jeder Mensch, der etwas auf sich hält, zieht sich ordentlich an, wenn er zum Doktor geht. Sag einmal, bleibt er denn häufig länger weg? Vielleicht über Nacht?»

«Wo denkst du hin! Dazu ist er viel zu schlau. Er tut alles, um mir Sand in die Augen zu streuen. Ich sage dir, er hat eine andere. Wenn du es noch nicht glaubst, lies das Horoskop.» Hanna nestelte ein Zeitungsblatt aus der Tasche ihres Morgenrocks.

Ich las: «Wer einen Schützen liebt, der darf sich in nächster Zeit auf einiges gefaßt machen. Herr Schütze ist nämlich nicht in den Griff zu kriegen und fest entschlossen, sich ganz seiner Genußsucht hinzugeben –» Auch das Weitere hörte sich wirklich nicht gut an.

Wenn man diesen Prophezeiungen Glauben schenken konnte – und die Erfahrung hatte gezeigt, man konnte – standen Hanna tatsächlich böse Tage ins Haus. Ich schaute mir den Artikel noch einmal genauer an, und ein Stein fiel mir vom Herzen.

«Du Schäfchen! Das Horoskop ist vom März!»

«Na und?» sagte Hanna bloß. Sie war nicht davon abzubringen.

Vermutlich dachte sie sich das Ganze aus, um ein bißchen Abwechslung in ihr langweiliges Leben zu bringen. Ja, wenn Philipp ein Mann wie Franco wäre, Lisas italienischer Ehemann, dann könnte ich verstehen, daß sie sich Sorgen macht. Ich habe meine Spielgefährtin aus Kindertagen vorgestern im Kurcafé getroffen. Lisa lebt seit über zwanzig Jahren als Frau eines Rechtsanwaltes in Florenz.

Es fiel mir nicht ganz leicht, Regungen von blankem Neid zu unterdrücken, wenn ich an Lisa und ihr italienisches Flair dachte. Sie hatte einen unheimlich raffinierten engen Rock getragen mit einem Schlitz bis auf den halben Oberschenkel und dazu Pumps mit Stöckeln, in denen ich mir binnen zehn Minuten das Bein gebrochen hätte. Und ihr Schmuck erst! Aber natürlich, wenn ich ihr Geld hätte und ihr Selbstvertrauen, dann hätte auch ich den Mut, mir Ohrringe anzuhängen, die in den Kniekehlen scheppern. Auch ihr Mann sieht sehr gut aus. Sie hatte mir ein Foto von ihm gezeigt. Er erinnerte mich an Marcello Mastroianni im zweiten Teil des Fernsehfilms «Die zwei Leben des Mattia Pascal», als er schon älter war und vom Leben ziemlich gezeichnet, aber immer noch sehr attraktiv. Lisa hatte geseufzt, während sie das Foto zurück in die Brieftasche steckte, zu den Fotos ihrer vier Kinder. «Der arme Franco, ich fürchte, er überanstrengt sich!»

Ich sagte, das könne ich mir vorstellen, als vielbeschäftigter Rechtsanwalt –

«Entschuldige!» Sie holte eine kleine Spraydose aus der Handtasche und sprühte sich kurz und diskret in den Mund. «Asthma. Dieser Smog in

Florenz, weißt du. Zwar sind jetzt große Teile der Stadt autofrei, aber für mich kommt diese Maßnahme ein wenig zu spät. Vermutlich ist es auch nervlich bedingt . . . Natürlich, seine Praxis beansprucht Franco ziemlich. Und dann ist ja auch noch das Gut in Fiesole mit den Weinbergen zu verwalten, und nebenbei betätigt er sich ein wenig als Immobilienmakler. Nur unter Bekannten selbstverständlich.»

Ich gab zu, daß das wirklich sehr viel für einen einzigen Mann sei.

«Nun, das Leben ist entsetzlich teuer in Italien und besonders in einer Stadt wie Florenz. Zwei Söhne, die studieren, das große Haus mit Personal und der Gutshof, und ich fürchte, seine Freundinnen werden immer teurer, je älter der arme Franco wird.»

Es verschlug mir die Sprache.

Was mich so schockierte, war nicht, daß ein verheirateter Mann Affären hat, sondern, seine Ehefrau darüber sprechen zu hören, als unterhielte sie sich über die Vor- und Nachteile ihres Mikrowellenherdes. «Er hat Freundinnen?» murmelte ich in einem dem Thema angepaßten diskreten Trauerton.

«Nicht mehrere gleichzeitig natürlich, so geschmacklos wäre Franco niemals. Aber in letzter Zeit werden die Abstände, in denen er sie wechselt, immer kürzer und die Geschenke immer teurer.»

«Ja, sagt er dir denn, was er ihnen schenkt!» rief ich.

«*Mamma mia,* natürlich nicht, wo denkst du hin! Er hat keine Ahnung, daß ich von seinen Seitensprüngen weiß. Er war immer sehr diskret, bis vor kurzem zumindest.»

Ich erkundigte mich, wie sie denn wüßte, welche Geschenke er ihnen mache.

«Das lese ich am Wert der Geschenke ab, die er mir macht.» Lisa hielt mir ihre Hand hin, an deren Mittelfinger ein Ring mit einem Glitzerstein steckte, der sicher keine Glasscherbe war. «Zu unserem letzten Hochzeitstag. Mindestens zwei Millionen. Lire natürlich. Franco würde mir nie etwas Billigeres schenken als seiner jeweiligen Freundin.»

Ich nahm einen tüchtigen Schluck aus meinem Glas, um damit fertig zu werden. Dann fragte ich Lisa, ob sie wüßte, wo er diese Frauenzimmer treffe.

«Er unterhält ein kleines Appartement am Borgo Allegro.» Sie lächelte, wenn auch ein wenig gequält. Auch ich mußte lächeln. Der Straßenname im Zusammenhang mit dem Zweck des Appartements war tatsächlich erheiternd, wenn auch das Ganze durchaus nicht zum Lachen war.

Lisa fragte: «Kennst du Florenz?»

«Nur den Dom, die Ponte Vecchio und die Aussicht von der Piazzale Michelangelo.»

«Der Borgo Allegro liegt in der Nähe von Santa Croce. Es ist meine Lieblingskirche. Ach, all diese herrlichen Grabmäler berühmter Menschen – Michelangelo, Machiavelli, Rossini, und der wunderbare Christus von Donatello! Ich bin immer sehr gern hingegangen. Außerdem gibt es dort gleich in der Nähe ein kleines Café mit dem besten Eis der Stadt. Schade.» Sie seufzte, zum erstenmal ehrlich betrübt.

«Was ist schade?»

«Ich bitte dich, du wirst doch verstehen, daß ich nicht mehr in die Nähe von Santa Croce gehen kann, nicht wahr? Es wäre für den armen Franco entsetzlich peinlich, mich dort zufällig zu treffen. Er lügt doch so miserabel. Es fällt mir auch immer schwerer, es vor seiner Mutter geheimzuhalten. Der Ärmste wird so zerstreut in letzter Zeit, die ständige Überarbeitung vermutlich und die Sorge um das Abnehmen seiner Manneskraft. Neulich nannte er mich beim Abendessen Paolina. Ich hatte größte Mühe, seiner Mutter eine halbwegs plausible Erklärung dafür abzugeben. Und letzte Woche kam er heim und roch nach Moschus, ein Parfüm, das ich hasse und nie verwende. Bis jetzt hat er sich immer umgezogen, wenn er von ihr kam. Seine Mutter sah ihn sehr sonderbar an, als er sie küßte. Ich fürchte, sie ahnt jetzt etwas.»

«Vielleicht wäre es ganz gut, wenn sie endlich wüßte, was ihr liebes Söhnchen treibt!»

«*Cara mia,* du hast keine Ahnung, was du da sagst! Italienische Männer tun das seit unzähligen Generationen und alle wissen davon, bloß Mamma darf nichts erfahren. Es würde sie umbringen. Für italienische Mütter sind Söhne etwas Heiliges.»

«Und du? Wie wirst du damit fertig?»

«Bei der ersten hätte ich ihn am liebsten umgebracht. Ich war fest entschlossen, ihn zu verlassen. Aber gute Freundinnen haben mich gottlob davon überzeugt, daß beides äußerst unklug wäre. Bei italienischen Ehemännern ist eine Freundin reine Prestigesache, wie maßgeschneiderte Anzüge und der neueste Wagen. Aber sie sind diskret, und vor allem verlieren sie nie, wie die Männer hierzulande, den Kopf einer Liaison wegen.» Lisa nippte nachdenklich an ihrem Tonicwasser. «Ich würde mir auch jetzt keine übertriebenen Sorgen machen, wenn es nicht auf Kosten seiner Gesundheit ginge. Natürlich fällt es ihm auch nicht mehr so leicht, zwei Frauen zu befriedigen. Bis zum Februar waren für mich Dienstag und Samstag reserviert. Das sind die Tage, an denen er seine Freundin nicht besucht – abgesehen vom Sonntag natürlich, der seiner Mutter gehört. Aber er wirkte sehr erschöpft und hatte große Mühe. Es ist mir gelungen, ihn davon zu überzeugen, daß mir in meinem Alter einmal die Woche völlig genügen würde. Ich hoffte, er würde den freien Abend dazu benützen, sich zu entspannen. Aber statt dessen nimmt er sich Akten mit ins Bett.»

«Und du? Liebst du ihn noch?»

«Selbstverständlich.»

«Wunderbar! Du liebst ihn, während er dich seit . . . seit wie vielen Jahren betrügt?»

«Seit achtzehn, soviel ich weiß.»

Seit achtzehn Jahren. Ich starrte sie an. Vor mir saß eine Märtyrerin. «Er betrügt dich seit so vielen Jahren, und du bist ihm treu! Unglaublich.»

Lisa hob eine Braue. «Treu? Ach, du meinst in puncto Sex? Natürlich habe ich einen Liebhaber, schon, um Franco vor einer unzufriedenen, ewig nörgelnden Ehefrau zu bewahren. In letzter Zeit allerdings wird es mehr und mehr platonisch. Der arme Emilio! Er scheint in die Wechseljahre zu kommen. Ich muß dir ganz ehrlich sagen, diese Vorarbeit wird mir langsam zu anstrengend. Ich fürchte, ich bin nicht mehr in dem Alter, wo man sich für die Liebe noch wer weiß wie verausgabt. Ich werde mir einen Jüngeren nehmen müssen, wenn auch äußerst ungern. Emilio wird fürchterlich gekränkt sein. Übrigens, verrate mir doch bitte, wie du deine Wimpern pflegst. Oder sind es unechte?»

Ich zupfte daran, um ihr zu zeigen, daß sie echt waren. Ich freute mich wahnsinnig, daß es etwas an mir gab, das eine Frau wie Lisa bewundern konnte. Ich verriet ihr gern das Geheimnis: tägliches Bürsten mit Rizinusöl. Dafür erfuhr ich von ihr, was sie tat, um ihre Haut derart seidenweich zu erhalten – nichts als Olivenöl. Kalt gepreßtes Olivenöl mit einem Zusatz von Parfüm.

«Nimm das aus Lucca», sagte sie. «Das hat am wenigsten Eigengeschmack und ist so gut wie geruchlos.»

Ich hatte an diesem Nachmittag sehr viel dazugelernt. In mancher Hinsicht. Ich bewundere Lisa ungemein. Sie erträgt ihr Los mit sehr viel Haltung. O diese Männer! Aber natürlich war es durchaus verständlich, daß eine Frau bei einem Mann wie Franco schwach wurde. Bei dem guten alten Philipp in seinen Kartoffelsackhosen konnte ich mir das jedoch beim besten Willen nicht vorstellen. Ich dachte angestrengt nach, wer eventuell doch in Frage kommen könnte, aber es fiel mir niemand ein. Ja, wenn Hanna eine gute Freundin hätte, von mir abgesehen, die würde ich genau unter die Lupe nehmen! Mehr Ehen werden von den besten Freundinnen der Ehefrau zerstört, als von sonst jemandem. Auch ich habe ein oder zwei gute Freundinnen, denen ich ohne mit der Wimper zu zucken meine Kinder, mein Geld und mein Leben anvertrauen würde, aber einen Freund oder Ehemann keine fünf Minuten.

Aber Philipp, dieser Langweiler, der mit den Fischen an der Angel interessantere Gespräche führte als mit einer Frau? Niemals. Darauf würde ich meinen Kopf verwetten.

Das einzige, was dafür sprechen mochte, war, daß ihre Beziehung schon lange nicht mehr in Ordnung war. Und es sind bekanntlich die faulen Ehen, in die der Wurm kriecht.

Andererseits, welche Beziehung ist schon in Ordnung?

Ich setzte mich hin, dachte angestrengt nach, und es fiel mir nur eine einzige ein: die von Emma und Hubert Ratzke. Die beiden sind seit fast dreißig Jahren verheiratet, aber sie streiten sich nie und turteln wie die Täubchen, wenn sie sich zweimal im Jahr treffen.

Sie sind übereingekommen, daß es ihrem Eheglück besser bekommen würde, wenn sie sich nicht allzu häufig sehen, und haben sich getrennte Wohnungen genommen.

Er hier in Bad St. Florian und sie in Palma de Mallorca.

Auch Hanna und Philipp hätten auf die Art ihr Eheglück retten können. Dann müßte sie ihm jetzt nicht etwas so Unsinniges andichten wie eine Freundin, um ihren Frust abzureagieren.

Es ist eigenartig, ständig treffe ich Bibi im Supermarkt. Hat die nichts anderes zu tun als einzukaufen?

Sie trug eine dunkle Brille, sah aber sonst nicht so unglücklich aus wie jemand, dem man kürzlich einen Aschenbecher an den Kopf geworfen hat. Nachdem wir bezahlt hatten, verschleppte sie mich auf die nächste Parkbank, wo sie mir atemlos eine wunderbare Neuigkeit zuflüsterte: Sie hat einen neuen Freund.

Ich mußte ihr hoch und heilig versprechen, kein Sterbenswörtchen weiterzusagen.

«Was ist mit Berti?» fragte ich.

Sie winkte ab. «Mit dem ist es aus. Ich habe Schluß gemacht. Eigentlich wollte ich es schon längst, aber er hat mir immer so leid getan. Der Ärmste ist doch so schrecklich verliebt in mich.» Sie seufzte tief und inniglich.

«Und der Neue?»

«Fipsimaus», flüsterte Bibi hingerissen.

«Fipsimaus ... Wo hast du ihn kennengelernt?»

«Beim Arzt. Ich muß jeden zweiten Tag zur Bestrahlung meiner Bindehautentzündung hin.» Ihre «Bindehautentzündung» war jetzt schwarzblau, man sah es deutlich, trotz der dunklen Brille. Sie ließ mich noch einmal schwören, nichts weiterzusagen, denn noch wäre Fipsimaus verheiratet, aber er lebe in Scheidung. Es könnte sich nur noch um zwei oder drei Wochen handeln, dann wäre es ausgestanden, und er würde endlich dieses Ekel von Ehefrau los sein.

Danach beschrieb sie mir Fipsimaus sehr ausführlich.

Ehrlich, diesmal schien sie wirklich das große Los gezogen zu haben. Auch ich, so mußte ich neidvollen Herzens zugeben, hätte mich in Fipsimaus verliebt. Er war zweifellos ein Mann, wie wir Frauen ihn mögen: heiter, sensibel, gepflegt und auch sonst – man weiß schon, wo – einfach toll. Leider haben die beiden zur Zeit noch wenig Gelegenheit, sich zu sehen. Es ginge nur beim Doktor oder schnell einmal im Auto, dreimal hatte sie ihn zum Fischen begleitet, wo er in einer Hand die Angelrute, in der anderen sie, Bibi, gehalten hatte. Seine Frau sei krankhaft eifersüchtig und spioniere ihm ständig nach. Aber das würde gottlob bald überstanden sein. «Nächste Woche hat er den letzten Termin beim Rechtsanwalt. Warte, ich zeig dir ein Foto.» Sie kramte es aus ihrer Handtasche. Bevor sie es mir gab, ließ sie mich noch einmal schwören, niemandem ein Sterbenswörtchen zu sagen.

Ich schwor, dann sah ich mir das Foto an. Danach holte ich meine Brille aus dem Etui, setzte sie auf und sah mir Fipsimaus noch einmal gründlich an. Es gab keinen Zweifel: Er war es. *Er!* Philipp.

Gottlob fahre ich morgen in aller Herrgottsfrühe nach Italien. Ich wüßte nicht, was ich Hanna sagen sollte. Oder ob ich ihr überhaupt etwas sagen sollte.

Signora, du wollen *amore*?

Zwar hatte ich vorgehabt, mich in nächster Zeit aus Männergeschichten herauszuhalten, um endlich zu mir selbst zu finden, aber Lisa hat mich neugierig gemacht. Vielleicht könnte ich auf meiner Italienfahrt doch die eine oder andere interessante Studie betreiben? Meine Erfahrung auf dem Gebiet war, geographisch gesehen, sehr begrenzt. Wollte ich wirklich alt werden, ohne je etwas anderes probiert zu haben, als biedere heimische Hausmannskost?

Leider ließ sich meine Italienfahrt gar nicht gut an. Normalerweise werde ich ein anderer Mensch, sobald ich die ersten Campari-Reklamen neben der Straße sehe. Diesmal jedoch – so allein, ohne Mann – wollte keine rechte Ferienstimmung aufkommen. Als ich endlich in Udine einen Parkplatz ergattert hatte, war ich so müde und deprimiert, daß mein Entschluß feststand: Du wirst dir hier einen hübschen, billigen Pullover kaufen, und dann fährst du schnurstracks wieder heim!

Seltsamerweise scheint es plötzlich keine billigen Pullover mehr zu geben. Alle, die dir gefallen, haben eine Null zuviel auf dem Preisschild. Aber dann kommst du in einer Seitengasse an einem kleinen Geschäft vorbei, auf dessen Scheiben in fetten weißen Lettern steht: TUTTO MEZZO PREZZO. Alles zum halben Preis. Und drinnen hängen Mäntel, Hosen und vor allem viele hübsche Pullover.

Na also. Du stürmst hinein, zeigst auf einen beigen Pulli mit sehr hübschen Applikationen und fragst:

«*Quanto costa, mezzo prezzo?*»

«Was heißt das, was kostet er?» schnauzt dich das junge Ding von Verkäuferin an. Selbstverständlich auf italienisch, was aber auch nicht besser klingt.

Du wiederholst also deine Frage.

«Sind Sie nicht ganz bei Trost? Das hier ist eine chemische Reinigung!» keift das hochnäsige Gänschen auf jene impertinente Art, wie sie nur Italienerinnen an sich haben können.

Widerlich, wirklich.

Im Kaufhaus probierst du einen, der würde dir gut gefallen. Aber er ist so teuer, daß du dir gerade die Rückenpartie leisten könntest – höchstens noch einen Ärmel. Außerdem ist es unvermeidlich, daß du dich beim Anprobieren im Spiegel siehst. Es ist einer, bei dem man einen von allen Seiten zeigt. Das versetzt dir einen gewaltigen Schock. Du kennst zwar dein Gesicht von vorne und hast dich halbwegs daran gewöhnt, aber diese neue Perspektive erschreckt dich. Dieses Gespenst sollst du sein?

Dann stellst du fest, daß dein Haar am Wirbel nachzudunkeln beginnt. Du kaufst dir einen Hut, um dein Haar zu verdecken, einen Schal und gelbe Handschuhe. Gelb! Den Schal kannst du schon nicht mehr ausstehen, als du danach im Auto sitzt und dir überlegst, ob du gleich heimfahren oder zuerst noch Spaghetti essen sollst.

«Na, ist es schöner als früher mit mir?» fragt in dem Moment eine Stimme aus der zweiten oder dritten Schicht deines Unterbewußtseins. Du kennst sie. Es ist die Stimme deines Exmannes, der sich auf diese Art immer noch in dein Leben einmischt.

«Natürlich ist es schöner!» schnappst du. «Ich brauche mich nicht mehr mit dir herumzuärgern, ich muß keine teuflischen Verfolgungsjagden auf der Autobahn mehr mitmachen und kann endlich tun und lassen, was ich will!»

«Sehr glücklich siehst du aber nicht aus. Hihi, was hast du da für einen komischen Deckel auf?» Er kichert impertinent.

«Was geht dich mein Hut an?»

«Warum bist du so gereizt? Wohin fährst du? Nach Grado?»

«Nach Grado! Was soll ich dort? Grado hängt mir zum Hals heraus, daß du es nur weißt. Es gibt andere viel schönere Orte in Italien. Aber davon hast *du* ja keine Ahnung.»

Jetzt hält er endlich den Mund. Er ist beleidigt.

Nein, du wirst doch nicht direkt heimfahren, das wäre glatte Kapitulation, sondern über Cortina.

Das ist dann keine Heimfahrt, sondern eine Rundreise.

Du fährst, bis du den Bergen schon sehr nahe bist, und hältst dann gegen Abend an einem Ort, der aussieht wie reinstes Mittelalter. Nicht das heimische, dafür hast du nicht sehr viel übrig, das erinnert dich an Hexenverbrennungen und an Strohsäcke voller Läuse und Flöhe, sondern das italienische. Das hatte so viel Kultur wie hier: Mauern voller Fresken und steinerne Balkönchen, die über den engen Gäßchen hängen, mit winzigkleinen Läden darunter, in denen du nach billigen Pullovern Ausschau hältst. Aber auch hier haben sie alle eine Null zuviel. Zuvor hast du Donald Duck vor der Kirche geparkt und eine Frau mit schwarzem Kopftuch gefragt, wie der Ort heißt.

«Vittorio Veneto, Signora», hat sie geantwortet.

Du suchst und findest ein halbwegs preisgünstiges Zimmer im Hotel auf der Piazza. Ein Restaurant gehört dazu, das aber zur Zeit noch leer ist – und es in einem Ort wie diesem vermutlich auch bleiben würde. Du setzt dich an einen Tisch im hintersten Winkel und hoffst, daß man dich von dort nicht verjagen wird.

Eine ganze Weile bleibst du auch unbehelligt, denn keiner bemerkt dich, obschon du der einzige Gast bist. Plötzlich jedoch guckt der Wirt in deine Richtung und sieht dich da sitzen, ein armseliges Wesen, ein Nichts, oder fast ein Nichts, denn immerhin ist genug von dir vorhanden, um einen Stuhl zu besetzen, einen Stuhl von vieren, und das ist entschieden zuviel für eine einzige Person. Er scheucht dich umgehend fort, hin zum Katzentischchen neben der Tür, wo es zieht und man dir auf die Füße treten wird. Du landest also dort, wo alle diejenigen landen, die zu häßlich, zu alt oder nicht raffiniert genug sind, um mit einem Mann ausgehen zu können.

«Na, immer noch zufrieden mit deiner Italienreise?» fragt dein Ex aus der zweiten oder dritten Schicht deines Unterbewußtseins.

«Aber sicher!» Trotzig hebst du dein Kinn, das dir inzwischen auf den Blusenknopf gerutscht ist.

«Seltsam, dann mußt du dich aber sehr verändert haben. Früher, mit mir, wärst du an diesem Tisch nicht sitzen geblieben. Aber jetzt machst du es wohl billiger, wie ich sehe.»

Du flehst ihn an, dich in Frieden zu lassen. Es geht dir, wie er sieht, ohnehin schon mies genug. Ach, warum bloß behandelt man alleinreisende Frauen, als wären sie aus einer Leprakolonie entflohen?

Hier im Süden ist es noch schlimmer als anderswo. Zwei Frauen zusammen, ja, daran hat man sich gewöhnt, denn es gibt auch hier viele Witwen. *Dio mio,* so ist das Leben, einer geht und läßt den anderen allein zurück, und auch dieser andere muß essen. Aber dazu nimmt man schicklicherweise eine Freundin mit.

Eine Frau allein, das sieht man nicht gern.

Eine Frau, die niemanden hat, bleibt daheim, dort, wo ihr unglückseliges Alleinsein keinem auf die Nerven geht. Allein kann sie in die Kirche gehen. Und auf den Friedhof. Und über die Straße zu Signora Pernardi, um sich Käse und Nudeln zu kaufen. Aber in ein Restaurant geht man nicht allein, es sei denn, man ist eine Contessa mit lila Haar und einer Federboa über der Schulter.

Aber das ist man eben nicht, nur eine ganz normale Frau, noch dazu eine Ausländerin, eine, die nicht ordentlich sprechen kann, vermutlich auch nicht richtig denken.

Um neun ist der Speisesaal voll. Alles elegante Leute. Sehr elegante. Man ist fröhlich, plaudert miteinander, freut sich über das Essen und überhaupt. Mit dir spricht natürlich niemand. Natürlich spricht niemand mit dir, was glaubst du wohl? Das ist nicht üblich im Land der Heiterkeit und des sonnigen Frohsinns.

Du bist sehr traurig. Und sehr hungrig. Außerdem stehst du vor einem schrecklichen Dilemma: Es gibt keine Speisekarte.

Wie sollst du ohne sie wissen, was die Sachen kosten?

Der Padrone schnurrt herunter, was es gibt, aber leider schnurrt er ohne Preise. Die Leute hier sind das vermutlich gewöhnt, denn sie bestellen lustig drauflos. Aber da ist eben überall ein Mann dabei und bei dem Mann eine dicke Brieftasche.

«Hast du bemerkt, daß niemand nach den Preisen fragt? Siehst du, das ist *grandezza!*» sagst du zu deinem Ex, der in deinem Unterbewußtsein darauf lauert, dir wieder eins auszuwischen.

«Sehr witzig! Wenn wir so gelebt hätten, hätten wir am fünften Februar meine Gehälter bis Oktober verbraucht.»

«Die Männer hier bemühen sich eben, mehr zu verdienen, mein Lieber.»

Du bestellst Salat, eine Gemüsesuppe und ein Risotto.

«Kein Fleisch?» fragt dein Ex mit jenem sarkastischen Unterton, den du stets so gehaßt hast.

«Bist du wahnsinnig? Dann geht mir womöglich das Geld aus, noch bevor ich in Cortina bin!»

«Oh, so sparsam plötzlich!»

«Sag bloß, ich wäre eine Verschwenderin gewesen!»

«Kannst du dich an Latisana erinnern?» fragt er hinterhältig.

Du schweigst. Natürlich kannst du dich an Latisana erinnern, wenn du auch die Erinnerung daran nur allzugern verdrängt hättest. Damals hast du in einem Anfall von Unzurechnungsfähigkeit das Geld für eine Urlaubswoche auf dem Markt für Unterwäsche und ein Stierfell von vier Quadratmetern Größe verschleudert.

Diese kleine Entgleisung hat er dir nie vergeben, wie man sieht.

Du ißt ein Katzenschüsselchen voll Suppe, das winzige Häufchen Risotto, das auf dem Teller so verloren wirkt wie ein Überbleibsel, und einen Bissen Salat. Mehr davon zu essen wagst du nicht, denn schon dieser eine Bissen hat dir vermutlich einen Großteil deiner Magenschleimhaut abgebeizt. Ach ja, und dazu trinkst du zwei Gläschen Wein.

«Hast du gesehen, was mir dieser Halsabschneider dafür abgeknöpft hat?» sagst du empört zu deinem Ex, während du zu deinem Dachbodenkämmerchen emporsteigst.

«Hab' ich. Hab' ich. Kannst du dich an die kleine Trattoria in Grado erinnern, wo wir diese herrlichen gegrillten Forellen mit Polenta kriegten und wie billig die waren?»

Du kannst. Der Gedanke an die schönen Zeiten, die du mit ihm verbracht hast, treibt dir die Tränen in die Augen. Warum hast du ihn bloß verlassen? Du kannst dich an keinen einzigen stichhaltigen Grund mehr erinnern. Aber die Reue kommt zu spät. Du stemmst dein Knie gegen die Tür, die klemmt, und zwängst dich in dein Besenkämmerchen. Womit hast du armes Würstchen zu all deinem Unglück auch noch eine solche Behausung verdient?

Vielleicht tröstet es dich zu erfahren, wie es mit diesen Besenkämmerchen angefangen hat?

Hier die Legende von der ersten Einzelreisenden:

Es war einmal, vor gar nicht allzu langer Zeit, eine Gruppe Urlauber, die kamen – wie alle guten und braven Urlauber vor ihnen bis zurück zu Vater Noah – paarweise am Ziel ihrer Urlaubswünsche an. Als alle Pärchen in ihren Doppelzimmern mit Meerblick und Du/WC untergebracht waren, blieb eine Frau übrig. Man ließ sie da stehen, neben ihrem Köfferchen, in der wohlbegründeten Meinung, ihr Begleiter befände sich kurz außer Sichtweite, auf der Toilette vielleicht oder hinter einer Zimmerpalme und ging seinen Geschäften nach.

Als sich der Knabe an der Rezeption jedoch eine Stunde später umsah, stand die Frau immer noch da neben ihrem Köfferchen. Immer noch allein.

«Was möchten Sie denn?» fragte er leicht befremdet.

«Ein Zimmer», flüsterte sie.

«Ich habe alle Zimmer vergeben. Den Schlüssel hat Ihr Mann. Oder Ihre Freundin.»

Da erstarb ihre Stimme fast völlig. «Ich habe keinen Mann. Auch keine Freundin. Ich bin allein.»

«Allein?» Es verschlug ihm die Sprache.

Nun hatte er schon von Einzelreisenden gehört, Männern, die geschäftlich unterwegs waren. Die stiegen jedoch nicht bei ihnen ab. Ein oder zwei Hotels im Zentrum hatten Zimmer für solche Herren.

Aber ein Fall wie dieser war ihm noch nicht untergekommen.

Er dachte nach, dann fand er die Lösung. «Sie warten am besten, bis jemand kommt, mit dem Sie ein Zimmer teilen können.»

Die Frau schüttelte den Kopf.

«Ich schlafe lieber allein.»

Der Knabe von der Rezeption seufzte tief auf. Dieses Weibsbild war unheimlich stur. Deshalb reiste es ja auch allein. Weil es niemand mit ihm aushielt.

Es war zehn Uhr abends geworden, und das bockbeinige Frauenzimmer wartete immer noch. Sie wollte in kein anderes Hotel gehen. Sie wollte auch nicht am Strand übernachten, obwohl es eine laue Nacht war und noch dazu Vollmond. Es blieb dem geplagten jungen Mann nichts anderes übrig, als seinen Chef von der Kartenpartie wegzuholen, welcher seinerseits nach dem Stubenmädchen und dem Hausdiener rief, und sie beratschlagten unter vielen Flüchen, was da zu tun wäre.

Der Hausdiener, ein Mensch mit praktischem Verstand, fand schließlich die Lösung.

Gemeinsam mit dem Stubenmädchen räumte er jene Kammer aus, in der man die Besen und anderen Putzutensilien aufbewahrte. Dort stellten sie eins der Betten auf, die auf dem Speicher auf die nächste Entrümpelung warteten, weil sie aus dem Leim gingen und die Matratzen völlig durchgelegen waren, und sie schlugen einen Hunderternagel in die Wand, auf den sie einen Kleiderbügel hängten. Und der Hotelbesitzer sprach:

«Sie will ein Zimmer für sich allein haben, die störrische Ziege. Gut. Soll sie haben. Aber natürlich bezahlt sie ein Extra für den Luxus eines eigenen Zimmers, das ist doch wohl klar.»

Also sprach er, und so geschah es, und so ist dieses Extra als «EZ-Zuschlag» in die Geschichte eingegangen und mit ein Grund, warum Alleinreisende oft so scharfe Falten um die Mundwinkel haben.

Seither hat sich natürlich einiges geändert. Hoteliers vermuten dazugehörige Herren nicht mehr hinter Zimmerpalmen oder auf der Toilette. Sie haben sich an alleinreisende Frauen gewöhnt, wenn auch äußerst ungern.

Man kommt auch nicht mehr in die Verlegenheit, um zehn Uhr abends Besenkammern auszuräumen. Die hat man schon längst zu regulären Einzelzimmern umfunktioniert.

Der Zuschlag hat sich natürlich inzwischen erhöht. Wie sonst sollte man dafür sorgen, daß sich dieses lästige Pack, das nicht mit anderen Leuten im selben Zimmer schlafen will, nicht bis zur Unendlichkeit vermehrt?

Dein italienisches Besenkämmerchen hat die Dusche am Ende eines langen Ganges. Es ist kalt wie in einem Leichenschauhaus. Du ziehst dir die Wolljacke über das Nachthemd und Socken über die eisigen Zehen und versuchst einzuschlafen, weil du keine von denen bist, die auf Reisen gehen, um nur zu jammern. Allerdings ist das mit dem Einschlafen schwierig, sehr schwierig. Deine Körpermitte ist in jenem Loch versunken, das sich in Matratzen bildet, auf denen schon Tausende Menschen gelegen haben – manche davon hundert Kilo schwer –, und dein gemarterter Kopf ruht auf einem Kissen, das so hart ist wie ein römischer Meilenstein, und du fragst dich, warum um Himmels willen ein ansonsten vernünftiger Mensch auf Reisen geht. Zu allem sonstigen Ungemach kriegt er auch noch alle Leiden, die er daheim hat, bloß kriegt er sie unterwegs alle auf einmal. Kein Wunder, daß man mit den Jahren resigniert und sich schließlich nie mehr weiter vom Hausarzt entfernt als zehn Kilometer. Als es dir schon fast gelungen ist einzuschlafen, schreckt dich ein infernalischer Lärm auf.

«Was ist das?» rufst du alarmiert.

«Bloß einer, der unten vom Parkplatz wegfährt», sagt dein Ex.

«Muß er dazu aufs Gas steigen wie ein Verrückter?»

«Vermutlich – wenn er sein Auto nicht vom Platz schieben will.»

Mit deinem Mann konnte man in der Hinsicht nie vernünftig reden, er ist ein Autonarr.

Der Lümmel unten auf dem Parkplatz fährt leider nicht weg; er steigt bloß aufs Gas, immer wieder, ohne daß sich der höllische Lärm, wie man es hätte erwarten dürfen, entfernt und schließlich in der Ferne verloren hätte.

Die Fensterscheiben zittern, deine Nerven zittern, am liebsten wärst du zum Fenster gestürzt und hättest hinuntergebrüllt: «Stellen Sie doch endlich Ihre verdammte Mistkarre ab, Sie unverschämter Lümmel!» – und du hättest es auch getan, wenn dir der Imperativ von «abstellen» in der dritten Person Einzahl eingefallen wäre. So aber bist du dazu verdammt, stumm und zähneknirschend darauf zu warten, bis dieser Irre da unten endlich genug vom Lärmmachen hat, was sehr lange dauert.

Am nächsten Tag entschließt du dich, völlig überraschend für dich selbst, einen Abstecher nach Venedig zu machen und dort auf dem Markusplatz einen Kaffee zu trinken. Das wolltest du immer schon einmal tun, aber als Ehefrau mußtest du dir solche Extravaganzen versagen.

Du fährst durch einen Tunnel aus goldenen Platanen auf einem goldgesprenkelten Teppich aus Sonnenlicht in Richtung Venedig, und alle paar Kilometer nimmst du einen schwarzlockigen Jüngling in Soldatenuniform mit, denn die Hälfte der italienischen Jugend pendelt ständig zwischen den Kasernenhöfen und den Kochtöpfen ihrer Mammas hin und her.

Zum Dank helfen sie dir bei den Wiederbelebungsversuchen an Donald Duck, wenn dieser wieder einmal alle viere von sich streckt und sterben will.

«Du fährst nach Venedig, bloß um dort Kaffee zu trinken?» meldet sich in der Nähe von Treviso plötzlich wieder dein Ex aus den Tiefen deines Unterbewußtseins.

Hast du dir doch gedacht, daß er seinen Senf dazugeben muß!

«Jawohl», entgegnest du vergnügt.

«Du bist übergeschnappt!»

«Jawohl, bin ich», sagst du und fährst vergnügt weiter, den blauen Lagunen entgegen.

Auf dem Markusplatz bestellst du dir bei einem raubvogelnasigen Kellner ein Kännchen Kaffee und hörst zu, wie zwei Geiger und ein Klavierspieler den Donauwalzer spielen. Und da passiert etwas Wunderbares:

Du bist allein, mutterseelenallein in der Stadt der Verliebten, und es macht dir, mit Verlaub gesagt, einen feuchten Dreck aus. Du bist glücklich. Vermutlich ist das jener Moment, wo du aufhörst, eine abgetrennte Hälfte zu sein, und anfängst, wieder etwas Ähnliches wie ein Ganzes zu werden. Obwohl es später noch massenhaft Rückschläge aller Art geben wird. Freu dich nicht zu früh!

Am Nachbartisch hebt ein gutgekleideter Signore sein Glas mit Fernet und lächelt dir eine unmißverständliche Einladung zu. Siehe da – hier ergäbe sich die erste Gelegenheit zu einer Studie über den italienischen Mann!

Aber du denkst nicht im Traum daran.

Es wäre dir wie eine Entweihung vorgekommen. Gerade so, als würdest du während eines Orgelkonzerts von Bach dein Strickzeug aus der Tasche holen.

Eine zweite Gelegenheit ergab sich im Gasthof «Il Gallo Nero» an der Straße nach Cortina, ein paar Kilometer hinter Bassano. Ich übernachtete dort auf der Heimfahrt. Es ist eine Geschichte, die ich trostbedürftigen Freundinnen an jenen Tagen erzähle, an denen sie sich vorgenommen haben, sich mit einer Flasche achtzigprozentigem Rum und dem Abendprogramm im Fernsehen (eine garantiert tödliche Mischung) das Leben zu nehmen.

Ich beginne wie immer damit, wie mir der Padrone vom Schwarzen Hahn, ein junger Kerl mit schwarzem Schnauzer, Schultern wie ein Möbelpacker und den verführerischen Hüften eines spanischen Flamencotänzers meine Reisetasche über die breite, mit einem roten Läufer belegte Steintreppe in mein Zimmer im ersten Stock trug.

«Er trug sie ...? Freiwillig? ...» Meine arme, lebensmüde Freundin packt erneut die Rumflasche am Kragen, schluchzend: «Schalte das Licht aus, wenn du gehst, und sag meinen Kindern, ich habe sie geliebt, auch wenn es nicht immer danach aussah.»

«Warte! Für das, was du vorhast, ist es noch zu früh, das Abendprogramm beginnt erst in zwanzig Minuten. Und glaub mir, mit dem Rum allein schaffst du es nicht.» (Es hat keinen Sinn, einer lebensmüden Frau zu sagen, die Welt sähe morgen wieder anders aus, man muß sie ablenken.) «Kannst du dich an den Film ‹Ein Zimmer mit Aussicht› erinnern?»

Sie nickt, wie in Trance.

«Nun, so ungefähr sah mein Zimmer im Schwarzen Hahn aus: Marmorboden, Spitzenvolants an den Fenstern, viel Plüsch und Klimbim und über dem Bett eine Samtdecke. Der Padrone sagte: ‹*Molto buono*›, und klopfte mit der linken Hand auf das Bett, um mir zu zeigen, wie gut es war, während er mit der rechten versuchte, mich darauf niederzuziehen.»

«Männer! Alle sind sie gleich! Alle!» Die zitternde Hand meiner Freundin hält nach wie vor die Rumflasche umklammert.

«Es ist sehr kalt hier», sagte ich, «*molto freddo.*»

«Soll ich die Heizung –» murmelte sie, mit den

Gedanken zweifellos woanders; vielleicht hat sie gerade daran gedacht, wer nach ihrem Tod den Gummibaum gießen wird.

«Nicht hier, Schätzchen. In meinem italienischen Zimmer. Natürlich erwartete ich, daß er es ableugnen würde, Hauswirte bestreiten so was immer, und wenn ihnen selber die Eiszapfen von der Nase hängen. Aber er sagte eifrig: ‹*Si, si, un momento, Signora*›, drehte mit der einen Hand die Heizung auf, mit der anderen versuchte er, mich an seine Möbelpackerbrust zu ziehen, wobei er keuchte: ‹Ich Sie machen warm, *Signora,* serrrr warm.›»

«Oh, diese Lumpen –!»

«Ehrlich gesagt, ich war skeptisch, daß die Heizung funktionierte, denn anders war seine Nachgiebigkeit nicht zu erklären, aber es wurde tatsächlich warm. Nachdem ich ihn mit einiger Mühe und dem Versprechen auf später vor die Tür befördert hatte, zog ich mich um und ging hinunter in die Gaststube, wo ich mir Mortadella, Käse und Wein bestellte. Es waren keine Gäste da außer mir. Hinter der Theke wusch eine müde junge Frau die Gläser. Der Padrone brachte mir das Essen, setzte sich mit einem Glas Wein zu mir und versuchte, mir unter dem Tisch ans Knie zu fassen.»

Meine Freundin haut mit der Faust auf den Tisch. Ihre Augen funkeln. «Saukerle elende!» Ohne Zweifel, sie befindet sich auf dem Weg der Besserung. «Was war weiter?»

«Ich glaube, er fragte mich, ob ich solo wäre ... Stimmt! Er sagte: ‹Sie allein, kein Mann?›»

Ich nickte.

«Sie hübsche Frau, noch nicht serrr alt, warum allein?»

«Weil ich lieber allein bin», sagte ich und glaubte es jetzt beinahe schon selber.

Er schnalzte mit der Zunge, um zu zeigen, daß er das bedauerlich fand. Dann schenkte er uns beiden nach.

«Ihre Frau?» fragte ich, zur Theke deutend.

«Si.«

«Haben Sie auch Kinder?»

«Bambini? Tre.»

«Ich habe ebenfalls drei», sagte ich. «Aber sie sind schon groß.»

Ich zeigte wie groß.

Er rollte die Augen. «Ich nicht glauben! Sie viel zu jung für so große Bambini!»

Es war die übliche Tour, aber es tat mir trotzdem wohl. Mit der allen Schurken eingebauten Antenne mußte er das wahrgenommen haben, denn er versuchte augenblicklich, meine Hand gegen seine Hose zu pressen. Ich trat ihm gegen das Schienbein. Er flüsterte heiser: «Sie mit mir schlafen wollen, Signora? Später, wenn Frau in Bett?» Frau, noch nicht «in Bett», klapperte wütend mit den Gläsern. «Es sein ganzer Mond. Ich voll *amore* dann. Serrr voll. Signora, du wollen *amore*?»

«Sind Sie verrückt? So was fragt man eine Dame nicht!»

Ich hüpfte empört auf und rannte in mein Refugium im ersten Stock. Den Schlüssel drehte ich zweimal um, schob zur Vorsicht noch einen Stuhl vor die Tür und klemmte ihn unter die Klinke. Was glauben Männer eigentlich, was alleinreisende Frauen sind? Freiwild? Nur unterwegs, um ihre primitiven Begierden zu stillen?

Aber nicht mit mir! *Ich* würde mich wehren bis zum letzten Atemzug. Allerdings, wenn ich an diese Möbelpackermuskeln dachte, wußte ich, daß wehren zwecklos war. Aber ich würde schreien!

Es war warm im Zimmer, «serrr warm», aber ich zitterte am ganzen Leib. Ich hatte mich gerade hingelegt, da hörte ich die Treppe knarren.

Er kam.

Natürlich kam er. Er schlich jetzt auf mein Zimmer zu.

Meine arme, lebensmüde Freundin läßt die Rumflasche los und umklammert meinen Arm. «O Gott, wie entsetzlich! Was hast du getan?»

«Nichts. Ich saß da wie das berühmte Kaninchen vor der Schlange, unfähig, auch nur einen Finger zu rühren.»

Inzwischen knarrte die Treppe wieder, jetzt schon deutlich näher. Meine Kehle war ausgetrocknet, meine Stirn fieberheiß. Hatte ich überhaupt abgeschlossen?

Mich mühsam aus meiner Erstarrung lösend, kroch ich aus dem Bett, schlich durchs Zimmer, in das der verdammte Vollmond schien, der an allem schuld war, zog den Stuhl unter der Klinke weg, der, ich weiß nicht warum, dort war, drehte den Schlüssel um und kroch zurück ins Bett.

Jetzt knarrte es ganz nahe. Der Unhold stand vor meiner Tür.

Heilige Cäcilia, hilf mir! flehte ich. Ich werde mich meinem Schicksal ergeben. Ich werde mich nicht einmal wehren. Bei einem Mann mit solchen Schultern und dem Temperament eines brünstigen Hengstes war Gegenwehr nicht nur zwecklos, sondern lebensgefährlich.

Also dann, es komme, was kommen muß!

Er stand immer noch vor der Tür, ich hörte das Knarren des Holzes, als er dort von einem Fuß auf den anderen trat, vor der Tür. Warum stand er dort herum, vor der Tür?

Warum kam der Idiot nicht endlich! Auf was wartete er noch? Auf eine schriftliche Einladung?

Auch ich wartete. Ich wartete und wartete und wartete immer noch, als schon die ersten Vöglein zu zwitschern begannen. Erst dann, am frühen Morgen, dämmerte es auch mir: Dummkopf – sie konnte gar nicht knarren, die blöde Treppe! Sie war ja aus Stein.

«Ich sag's immer, auf die Männer ist kein Verlaß», murmelt meine Freundin. «Ich mache uns einen Toast.» Sie starrt auf die Rumflasche. «Was wollte ich mit der?»

Gut. Damit habe ich gerechnet. Wir Frauen haben ständig so viel um die Ohren, daß wir alles momentan nicht unbedingt Notwendige aus unseren Gedanken verbannen müssen. Wo beantragt man diese Dinger . . . Medaillen, die man kriegt, wenn man ein Leben gerettet hat?

In Cortina nahm ich mir in einem Häuschen an der Peripherie ein Zimmer. Es hatte weißgetünchte Wände, auf einer davon ein Heiligenbild mit einem Olivenzweig, der oben hinter dem Rahmen steckte und zweifellos geweiht war, ein rotkariertes Federbett und eine Bibel auf dem Nachttisch.

Etwas später stieg ich hinauf in den herbstlichen, rotgoldenen Lärchenwald, hinter dem die rosa und goldenen Zacken der Dolomiten in den blauen Himmel ragten. Dort oben stieß ich auf einen Urlauber, seiner Aussprache nach aus der Gegend von Stuttgart, und wir gingen gemeinsam weiter. Wir setzten uns nebeneinander ins trockene Gras und hörten, als wir ganz still waren, das leise Knistern, mit dem sich die im Gras liegenden trockenen Eschenblätter zusammenrollten. Wir sahen gemeinsam zu, wie die Schatten am Monte Pomagagnon höher stiegen wie das Quecksilber in einem Thermometer, und dann, als es gegen Abend empfindlich kalt wurde, gingen wir gemeinsam ins Tal. Er nahm sich ein Zimmer im selben Haus, und wir liebten uns unter dem rotkarierten Federbett nicht nur ungemein heftig, sondern auch in wunderbarer Vertrautheit und Harmonie.

War das die Lösung? Liebe ohne Vor- und Nachgeschichte?

Mein Traumberuf

Damals in grauer Vorzeit, als meine Knie noch breiter waren als meine Oberschenkel, und ich regelmäßig die Zöpfe in die Suppe tunkte, war mein Traumberuf Stewardeß. Das bilde ich mir zumindest heute ein. Wie dem auch sei, ich bin es ohnehin nicht geworden. Vielleicht hätte ich es dann auch gar nicht mehr so toll gefunden, in einer fliegenden Sardinenbüchse einhundertneunzig Pappschachteln mit kaltem Lunch auszuteilen und unablässig vorzumachen, wie man im Ernstfall eine Schwimmweste aufbläst – wo doch jeder weiß, daß man im Ernstfall keine Schwimmweste braucht, sondern Flügel.

Danach war mein Traumberuf Hausfrau und Mutter, von jenen Unterbrechungen abgesehen, in denen ich beim Anblick ungemachter Betten in einen Weinkrampf ausbrach und ich mir ernstlich überlegte, ob ich die Kinder nicht in ihre Sonntagskleider stecken und zur Adoption freigeben sollte.

Wieder danach erging es mir wie den meisten Erwachsenen: Man hat von seinem Traumberuf keine rechte Vorstellung mehr, man weiß nur, daß der, den man hat, es auf keinen Fall ist.

Heute, mit der Erfahrung meiner Jahre, sehe ich endlich klar. Ich weiß jetzt ganz genau, was mein Traumberuf ist:

Generaldirektorswitwe.

Es ist einer der ganz wenigen Jobs, bei dem man zweiundfünfzig Wochen im Jahr Urlaub hat und Mittagspause von früh bis spät, und das mit Pensionsberechtigung, Krankenkasse und Gehalt aufs Konto jeden Ersten, mit nur einer einzigen beruflichen Verpflichtung: das generaldirektorliche Grab zu pflegen und den darin ruhenden teuren Verblichenen gebührend zu beklagen.

Hätte ich das bloß rechtzeitig erkannt, den richtigen Weg eingeschlagen und ihn zielstrebig verfolgt, dann könnte ich heute meinen Traumberuf womöglich schon ausüben!

Aber nein, was habe ich getan?

Ich habe einen Mann geheiratet, der nichts hatte außer einer ungemein robusten Gesundheit. Und dann, um das Maß vollzumachen, ließ ich mich scheiden, bevor er mich schlug oder betrog oder mir sonst einen lukrativen Scheidungsgrund bot. Die Strafe dafür ist, daß ich jetzt Engelbert Krautberger aufsuchen muß.

Ein Besuch, der mir wie ein Stein im Magen liegt.

Herr Krautberger hat ein schattenseitig gelegenes Büro in unserem Arbeitsamt, mit dem Schild «Anträge A–E» neben der Tür. Nicht, daß ich nicht grundsätzlich gern aufs Arbeitsamt ginge. Ich gehe oft hin, denn ein Großteil meiner Bekannten und Freunde ist dort beschäftigt. Überhaupt sind sehr viele Leute dort beschäftigt, da man auf diese vorbildliche Weise versucht, der ständig steigenden Arbeitslosigkeit Herr zu werden. Alle freuen sich, mich zu sehen, Engelbert Krautberger ausgenommen. Sobald ich sein Büro betrete, wirft er mir über den Rand seiner Brille hinweg einen gequälten Blick zu und sagt sauer: «Ach, Sie sind schon wieder da!»

Ihn würde ich auf keinen Fall mehr besuchen, würde ich das Arbeitslosengeld nicht so dringend brauchen. Letztes Jahr kriegte ich eine Gastritis als Folge dieser Besuche.

Aber diesmal schwor ich mir: Das wird dir nicht mehr passieren!

Und es wird mir nicht mehr passieren, denn ich bin gewappnet. Mit Hilfe des autogenen Trainings, das ich nun perfekt beherrsche, habe ich mich positiv motiviert. Hunderte Male habe ich mir, während meine Glieder schwer und das Sonnengeflecht heiß wurde, vorgesagt:

«Ich liebe Engelbert Krautberger ... Ich liebe Engelbert Krautberger ... Ich liebe –»

Und was sagt man, es hat geklappt. Ich liebe ihn.

Ungefähr wie eine Wespe im Kompott.

Auch mit sachlichen Argumenten kann ich diesmal aufwarten. Ich habe sorgfältig recherchiert und werde das Ergebnis meiner Recherchen Engelbert Krautberger vor den Latz knallen, falls es notwendig werden sollte. Und mein untrügliches Gefühl sagt mir, es wird notwendig sein. Es wird.

Als Exempel werde ich den Fall «Maria G., Hotelbesitzersgattin und Mercedesfahrerin» aufs Tapet bringen, eine Dame, die den Winter über mehr Arbeitslosengeld bezieht, als ich je an Gehältern, und die kein einziges Mal angehalten wurde, einen Job als Maronirösterin anzunehmen.

Ich kann die Reihe dieser Damen – Gattinnen renommierter Hotel- und Restaurantbesitzer – nach Belieben fortsetzen. O nein, diesmal werde ich nicht wie ein angeschossenes Kaninchen vor Herrn Krautbergers Schreibtisch hocken!

Diesmal bin ich für den Kampf gerüstet.

Hocherhobenen Hauptes gehe ich also auf das Amt, den Antrag auf Arbeitslosenunterstützung lässig in der Hand, im Gehirn sorgfältig eingespeichert meine treffsicheren Argumente, die Nerven ruhig, das Herz kühl. Ich warte drei Stunden in der Menschenschlange vor Krautbergers Tür, gehe dann hinein und komme zwanzig Minuten später auf allen vieren herausgekrochen, zwischen den klappernden Zähnen einen Zettel mit zwei Adressen, bei denen ich mich vorzustellen habe. Ein Supermarkt sucht eine Kassiererin, eine erfahrene Kraft mit Praxis, bei tariflicher Entlohnung, und eine Dame eine Putzfrau als Vertretung für ihre sich zur Kur befindende Perle, für drei Wochen, bei übertariflicher Entlohnung.

Schon wegen der relativen Kürze des Engagements würde ich letztere Stelle vorziehen, wenn von Vorziehen in einem solchen Fall überhaupt die Rede sein kann, aber hin muß ich zu beiden. Sonst kann ich mir die Arbeitslosenunterstützung abschminken.

Ich hätte eben nicht montags hingehen sollen. Die Montage waren nie meine Glückstage. Außerdem hätte mich schon das Horoskop warnen müssen:

«Marseinfluß läßt es bei Ihnen kriseln. Unternehmen Sie nur das Allernotwendigste.»

Zum Allernotwendigsten gehört ein Besuch bei Hanna. Nachdem mich heute eine völlig Unbekannte im Metzgerladen zur Seite nahm und mir ins Ohr flüsterte: «Sie sind doch die Freundin jener armen Frau, deren Mann sie mit diesem Flittchen Bibi betrügt, nicht wahr? Sagen Sie, wie nimmt sie es auf?», ist anzunehmen, daß Hanna ihre schlimmsten Vermutungen bestätigt sieht. Sie wird sehr deprimiert sein. Auch mich erfaßt eine tiefe Depression, wenn ich an Hanna und meine zukünftige Tätigkeit als Putzfrau denke.

Sie sah erschreckend aus. Sie trug einen alten Morgenrock voller Flecken. Ihre Haare erinnerten mich an das Fell eines schottischen Hirtenhundes.

«Hanna», sagte ich, sie in den Arm nehmend, «ich weiß, wie dir zumute ist. Aber so geht's nicht. Du darfst dich jetzt nicht hängenlassen. Reiß dich zusammen. Kauf dir ein neues Kleid, besuch einen Kurs für Jiu-Jitsu, bloß tu etwas, um dich abzulenken.»

Sie entgegnete: «Wozu? Das Leben hat für mich

keinen Sinn mehr, jetzt, wo ich das einzige verloren habe, das ich geliebt habe.» Sie brach in Schluchzen aus.

Es war wirklich schlimm. Das Frühstücksgeschirr stand noch auf dem Tisch, der Blumenstrauß – gelbe Chrysanthemen – befand sich in allen Stadien des Dahinwelkens, ein elegischer Anblick, der Dichter und Maler anregen mochte, aber keine betrogene Frau. Das Tischtuch war voller Flecken, sogar zwei Ameisen krochen darauf umher.

Ich wollte sie eben mit dem Zeigefinger zerdrükken, da kam zum erstenmal Leben in meine arme Freundin. Sie kreischte auf, meinen Arm umklammernd: «Um Himmels willen, was machst du? Das ist doch Clementinchen! Emil würde sich das Leben nehmen, wenn ihr was zustößt!»

«Emil? Wer ist Emil?»

Sie deutete auf die zweite Ameise, die an einem Kuchenkrümel schleppte.

Ich sah sie mir genau an. Emil sah um keinen Deut anders aus als Clementine.

«Wie kennst du die beiden auseinander?»

Hanna schüttelte mit dem Ausdruck tiefster Verwunderung das zerzauste Haupt. «Ja, siehst du es denn nicht? Clementinchen ist hochschwanger. Ständig küßt er sie, hält ihre Hand und bringt ihr kleine Leckerbissen, wie jetzt. Er liebt sie über alles. Und er hat nur Augen für sie, selbst wenn ihn die jungen Gänschen anzumachen versuchen, draußen auf dem Balkon, wo er Clementine spazierenführt.»

Sie brach erneut in wildes Schluchzen aus.

Fürchterlich, wenn sich Frauen so gehenlassen. Ich werde mich um sie kümmern müssen, sie zum Friseur schleppen, wenn es sein muß mit Gewalt, und dafür sorgen, daß sie sich ein neues Kleid kauft. Schon ein neuer Lippenstift kann oft Wunder wirken.

Auch ich habe mir einen neuen Lippenstift gekauft, auch ich war beim Friseur, und ich muß sagen, es hat Wunder gewirkt. Auf der Straße höre ich im Geist die Leute tuscheln: «Da drüben, ist das nicht die Soundso? Nein, nein, unmöglich, die Frau dort ist viel jünger. Es wird ihre Tochter sein.»

Ich hoffe bloß, man hält mich nicht für *zu* jung, wenn ich mich jetzt vorstellen gehe.

Eigenartig, früher, vor meiner Heirat, waren Chefs uralt, glatzköpfig, und ihre Knochen knackten, wenn sie vom Stuhl aufstanden. Das Bürschchen, das mich im Personalbüro empfängt, sieht aus, als hätte es sich an diesem Morgen zum erstenmal die Krawatte selbst gebunden. Lächerlich. Dieser Knirps will über mich und meine Fähigkeiten urteilen. Eine Frau von Vierzig, wenn man sie auch für knapp Dreißig halten könnte, eine Frau, die drei Kinder geboren hat, die mit Keuchhusten, Nachprüfungen und in Spielzeugläden gestohlenen Matchboxautos fertig geworden ist? Eine Frau, die Vico Torriani noch in seiner besten Zeit gekannt hat?

Dieser junge Hupfer erinnert mich an jenen

Knirps, der mit meinem Älteren in der Sandkiste gespielt hat.

Ich hole die Brille aus dem Etui, setze sie auf die Nase und schau mir den Knirps genauer an. Und was sagt man, er ist es! Der Kleine aus der Sandkiste mit den fetten krummen Beinchen und der ewigen Rotznase. Wie hieß er bloß? Ah ja, seine Mutter nannte ihn Mucki.

Mucki mustert erst meine Zeugnisse (wozu er nicht lange braucht), dann mich durch die Brille, die er sich vermutlich von seinem Opa geliehen hat, um älter auszusehen. «Sie haben noch nie an der Kasse gearbeitet, Frau – äh –?» Lesen konnte er offenbar nicht . . .

«Doch, Mucki», sage ich und verbeiße mir ein Lächeln, denn ich sehe ihn immer noch in der Sandkiste vor mir, «vor zwanzig Jahren. Ich mußte aufhören, als ich das Baby erwartete.»

«Wir suchen eine erfahrene Kraft mit Praxis», sagt Mucki.

Wußte ich es ja, dieser Lippenstift in shocking-pink – passend zu den Zehennägeln – macht mich zu jung und unerfahren.

«Das gibt sich, Mucki», sage ich und muß kichern, «älter werden wir von allein. Übrigens, was macht deine Allergie? Hat sie sich inzwischen gebessert?»

Mucki starrt mich an wie ein Ochse das neue Scheunentor. Er war schon immer etwas langsam von Begriff gewesen. «Allergie? Was reden Sie da?»

«Die, die du immer gekriegt hast, wenn ihr beiden Halunken Erdbeeren aus unserem Garten geklaut habt.»

Mucki zerrt verzweifelt an seiner Krawatte.

«Ich hoffe, Sie wissen, wie man eine Kasse mit Computer bedient?» sagt er, sich mit einem Taschentuch die Stirn wischend. «Und sind gut in Arithmetik?»

Ich klopfe ihm beruhigend auf die wattierte Schulter. «Ersteres wird zu erlernen sein, Mucki. Und was meine Dingsdakenntnisse angeht,so waren sie jedenfalls gut genug, um euch bei diesen vertrackten Rechenaufgaben zu helfen, du weißt schon, die, wo danach gefragt wird, wie lange fünf Arbeiter für eine dreizehn Meter lange Gartenmauer brauchen, wenn zwei Arbeiter für eine acht Meter lange zehn Stunden und fünf Minuten brauchen.»

«Nun gut. Sie hören von uns, Frau – äh –. Übrigens, wie haben Sie von dieser Stelle erfahren?»

«Durch das Arbeitsamt.»

«Ach, deshalb.»

Ich weiß nicht, wie er das meinte, jedenfalls hat er in mir nicht mehr die Mutter seines Sandkastengespielen erkannt.

Natürlich, ich bin ihm zu jung vorgekommen.

Mein Engagement als Putzfrau war zu Ende, noch bevor es begann.

Ich kam hin, läutete, eine Frau mit Nußknackerkinn und einem Blick, der mein Innerstes wie ein Schneidbrenner durchbohrte, öffnete mir, musterte mich und fauchte:

«Ich kenne Sie doch! Sie wohnen bei Grimm im Parterre links, die vier Fenster, die aussehen, als wären sie aus Milchglas.»

Milchglas? Was quasselte sie von Milchglas? Noch bevor ich etwas dazu sagen konnte, fuhr sie fort: «Dort, wo der grüne Citroën parkt, bei dem jemand mit dem Finger ‹Ferkel› auf die Kühlerhaube geschrieben hat? Mit den Blumenkästen, in denen alte Fahrradschläuche liegen? Danke, daß Sie sich herbemüht haben», meinte sie, «aber es war vorhin ein reizendes Mädchen hier, dem ich schon zugesagt habe.»

Na gut, dann eben nicht. Ich werde diesem Job keine Träne nachweinen.

Ich ging heim, schaute mir die Milchglasscheiben an, die Fahrradschläuche in den Blumenkästen und das häßliche Wort im Staub, der meine Ente bedeckte, und es traf mich beinahe der Schlag. Hatte ich wirklich in diesem Saustall frischfröhlich dahingelebt?

Etwas, das man nicht gern tut, tut man am besten mit einer Mordswut im Bauch. Und bei Gott, die hatte ich! Ich fuhr durch die Wohnung wie Hugo, der karibische Wirbelsturm, warf in hohem Bogen die schmutzigen Schuhe vor die Tür, kochte nebenbei das Fleisch für ein Gulasch mit Gemüse und befahl meinen beiden Söhnen, augenblicklich hinaus in die Natur zu rennen und einen Strauß von hübschen, rotbeerigen Ebereschenzweigen heimzubringen, um damit die Bodenvase zu füllen, in der zur Zeit die Fahrradpumpe steckte.

Ich befahl! Ich bat nicht demütig wie sonst.

Sie starrten mich an.

Ich machte es ihnen noch einmal deutlich. Einen Strauß, jawohl, sooo groß! Meine Arme bis zum Anschlag ausbreitend, zeigte ich ihnen, wie groß.

Sie heulten auf. Blumen pflücken! Niemals.

«Gut», sagte ich kühl, «dann nicht. Aber dann wascht und bügelt ihr eure Klamotten in Zukunft selber.»

Es fiel das unschöne Wort «Erpressung», was mich jedoch vollkommen kalt ließ. «Und putzt endlich eure Schuhe!» schrie ich ihnen nach.

Sie schrien zurück: «Wir haben sie geputzt!»

Stimmt. Sie dreschen sie gegen die Mauer, bis der ärgste Dreck abfällt.

«Ja!» schrie ich hinter ihnen her. «Das letzte Mal im Frühjahr. *Ich* putze sie jedenfalls nicht für euch!»

O nein, mir wird keiner nachsagen, daß ich zu jenen Müttern gehöre, die in falscher Affenliebe einen jungen Menschen von jeglicher Hausarbeit fernhalten, nur weil ihm zufällig ein Fusselchen unterm Bauch gewachsen ist. Mir nicht!

Mit Hanna ist es noch schlimmer geworden. Auch ihre Mutter ist verzweifelt. Sie ist jetzt sehr viel netter zu ihr. Es macht keinen Spaß, einen Menschen zu piesacken, dessen globales Interesse sich auf zwei Ameisen reduziert hat.

«Hat das große Ereignis schon stattgefunden?» Es schien mir am klügsten, auf ihre Narretei einzugehen.

Hanna schüttelte den Kopf mit der Struwwelpeterfrisur. «Es zieht sich in die Länge. Clementinchen ist jetzt unheimlich scharf auf Mayonnaise. Emil läuft ständig zwischen ihr und dem Mayonnaisetopf hin und her. Gestern wäre er um ein Haar in dem Zeug steckengeblieben.»

«Und er? Was macht er?»

Nach einer stillen Übereinkunft erwähnen wir den Namen ihres Mannes nicht mehr.

«Hat sich beim Fischen verkühlt.» Zum erstenmal kroch etwas wie ein Lächeln über ihre verhärmten Züge. «Ich hoffe, er kriegt eine Lungenentzündung. Dann kann er sehen, wer ihn pflegt. Ich jedenfalls nicht.»

Auch Bibi liegt mit einer schweren Erkältung im Bett, habe ich gehört. Man soll eben in Monaten, deren Namen ein R enthält, wie Oktober beispielsweise, nicht mehr im Gras liegen. Das haben schon unsere Großmütter gepredigt.

Keins meiner Kinder wird vermutlich den Nobelpreis erringen, in zwei Dingen aber sind sie alle drei ganz große Klasse: im Ausdenken von Ausreden und im Delegieren von Arbeiten.

«Ich sag' es dir gleich, bevor du dich aufregst – *er* hätte den Strauß bringen müssen», sagte der Jüngere angesichts der Fahrradpumpe in der Bodenvase und deutete auf seinen Bruder. «Ich habe ihm dafür die Schuhe geputzt.»

«He!» fuhr der Ältere auf seine Schwester los. «Du hast versprochen, du bringst das Zeug.»

Er hat ihr dafür den Haarfön repariert.

Es stellte sich heraus, daß sie ein Subjekt namens Langer Eddy damit beauftragt hat, für den sie eine Platte von Billy Idol auf Kassette aufnehmen wird.

Ich sagte, ich gäbe dem Langen Eddy einen Tag Zeit, mit dem Ebereschenstrauß zu erscheinen. «Keinen Tag länger!» Ich drohte mit dem Messer, mit dem ich gerade grüne Bohnen für jenes Gemüsegulasch kleinschnitt, für das ich das Fleisch schon vorgekocht hatte. Außerdem schnitt ich noch einen Berg von Möhren, Kartoffeln, Kohlrüben und Zucchini, denn es war auch eine ganze Menge Fleisch. Ich hob den Deckel vom Topf.

«Wer war das?» krächzte ich, einer Ohnmacht nahe.

Es stellte sich heraus, daß alle drei an dem Mundraub beteiligt waren. Und sie gaben es auch noch ungeniert zu.

«Wir dachten, es wäre unser Mittagessen.»

Ich ließ mich schwer auf einen Stuhl fallen, der dieser Belastung nicht gewachsen war und unter mir zusammenbrach. Mich aufrappelnd, erteilte ich den Befehl, ihn umgehend zu reparieren.

«Wieso ich?» schrien alle drei gleichzeitig.

«Weil ihr alle drei darauf gesessen habt.»

«Moment mal.»

Jeder schnappte sich seinen Taschenrechner und bewies mir in null Komma Josef mit Hilfe einer komplizierten Dezimalrechnung (seltsam, normalerweise haben sie Schwierigkeiten, ein Drittel eines aufzuteilenden Kuchens auszurechnen), daß gerade *er* diesen Stuhl um sehr viel weniger benutzt hätte als die beiden anderen. Die Ergebnisse schwankten zwischen 37 und 68 Prozent.

Ich habe «Vom Winde verweht» versäumt, weil ich meiner Tochter an jenem Abend das Einmaleins abhören mußte. Ich habe von meinem Wirtschaftsgeld Nachhilfestunden in Mathematik bezahlt. Vor der Nachprüfung meines Jüngeren habe ich das Gelübde abgelegt, im Supermarkt nicht mehr an den Tomaten zu drücken, wenn er sie besteht. Und das hatte ich jetzt davon! Wahrhaftig, Mütter ernten nichts als Undank.

Heute mittag beim Kochen hatte ich den Fernseher laufen. Von irgendeinem Klub, ich glaube, es handelte sich um berufstätige Mütter, wurde die Frau des Monats vorgestellt, die diesmal ein Mann war. Herr Pollinger war mittelgroß, mittelalt, mitteldick, und von mittlerer Intelligenz, wie mir schien. Ein ganz normaler Mensch. Trotzdem war er von der anwesenden Jury, zwanzig Damen, zur Frau des Monats gewählt worden. Das war interessant. Ich wartete mit dem Einschalten des Mixers, um zu hören, was hinter Herrn Pollinger steckte.

Ich sollte es gleich hören.

Herr Pollinger ist Witwer. Vater von zwei süßen kleinen Kinderchen, die er seit dem Tod seiner Gattin vor einem halben Jahr mustergültig betreut, und das neben seinem anstrengenden Beruf als Bankbeamter.

«Lieber Herr Poltinger, erzählen Sie unseren Zuschauerinnen doch bitte etwas über Ihren so ungemein ausgefüllten Tag!» ermunterte ihn die Interviewerin, vermutlich die Klubvorsitzende, eine Dame, die meiner Bekannten Irmgard ähnlich sah. «Herr Poltinger, Sie bringen den Sohn in die Schule und ihr süßes kleines Mädchen in den Kindergarten, bevor Sie sich selbst zur Arbeit begeben. Und wie geht es nun weiter, lieber Herr Poltinger?»

«Pollinger bitte», wirft Herr Pollinger schüchtern ein. «Mittags hole ich die Kleine –»

«Herr Poltinger muß, um sein Mädelchen vom Kindergarten abholen zu können, seinen Arbeitsplatz zehn Minuten früher verlassen. Wieder ein Beispiel –» Irmgard erhebt ihre gewichtige Stimme, «ein Beispiel dafür, wie wichtig eine Reform auf diesem Gebiet wäre. Nicht jede berufstätige Mutter, nicht jeder berufstätige Vater hat eine Großmutter zur Verfügung.»

Danach berichtet uns Irmgard von Herrn Pollingers Mittagspause, die ausgefüllt ist mit dem Erledigen von tausend Kleinigkeiten. «Und wie schafft es Herr Poltinger, im Handumdrehen ein Mittagessen herbeizuzaubern? Nun, wie wohl?»

Ich spitze meine Ohren. Jawohl, wie wohl?

Auch das soll ich dank Irmgard gleich erfahren. Herr Pollinger kriegt das Essen ins Haus geliefert «dank jener wunderbaren Organisation, die von meinen tüchtigen Mitarbeiterinnen (Applaus für die Mitarbeiterinnen) und meiner Wenigkeit (Applaus für die Wenigkeit) unterstützt wird. Dieser wunderbare Vater hier hat mir gestanden, er wüßte nicht, was er ohne diese hilfreichen Engel täte, nicht wahr, Herr Poltinger?»

«Pollinger bitte», flüstert Herr Pollinger und gesteht es noch einmal. Ein paar Damen führen ihre Taschentücher an die Augen.

«Und danach», fährt Irmgard fort, «wird das Geschirr gewaschen, die Betten gemacht und schnell mit dem Staubsauger durch die Wohnung gefahren. Und am Abend, wenn andere Männer ihren wohlverdienten Feierabend genießen, steht Herr Poltinger noch am Bügelbrett. Er hat mir verraten, es gäbe da noch ein paar kleine Schwierigkeiten mit den Kleidchen des Töchterchens.» Die Damen lächeln gerührt. «Und wann ist Ihr arbeitsreicher Tag zu Ende, Herr Poltinger?»

Herr Pollinger öffnet den Mund zur Antwort, aber nicht schnell genug.

«An keinem Tag vor elf Uhr!» ruft Irmgard. «Erst dann kommt dieser vorbildliche Hausmann und Vater dazu, sich zur Ruhe zu begeben und Kraft zu schöpfen für den neuen arbeitsreichen Tag!»

Man hört vereinzelte Schluchzer, die im starken Beifall untergehen. Herr Pollinger verneigt sich mit verschämtem, aber auch stolzem Lächeln. Fürwahr, er hat allen Grund, stolz zu sein. Was er schafft, schaffen nicht viele. Mehr als ein paar jämmerliche Milliönchen sind es sicher nicht zwischen Alpen und Elbestrand. Und die zählen nicht wirklich.

Das sind bloß Frauen.

Verglichen mit Herrn Pollinger hat der kleine Affe im Hexenhaus ein Leben wie ein junges Hündchen. Als ich hinkam, räkelte er sich genüßlich in einem alten Liegestuhl, wobei seine Finger automatisch das Katzenfell kraulten, denn wenn er damit aufhörte, biß ihn das Schnuckelchen umgehend in die Hand. Er sagte mit wohligem Seufzer, er sei jetzt intensiv dabei, sich selbst zu verwirklichen, nachdem er zwanzig Jahre lang der Sklave von Frau, Töchtern und Schwiegermutter gewesen sei.

«Sie können sich nicht vorstellen, wie ich mein neues Leben genieße! Keine Frau mehr, die mich ständig durch die Gegend hetzt, damit ich dieses und jenes erledige, keine Schwiegermutter, die mir damit in den Ohren liegt, was andere Männer alles für ihre Frauen täten. Zum erstenmal in meinem Leben bin ich ein freier Mann. Frei! Frei! Übrigens, ich habe angefangen zu malen.»

Er gestand mir, daß er das immer schon wollte, sein ganzes Leben lang, aber seine Frau hätte die damit verbundene Unordnung nicht vertragen. Vorsichtig, als handle es sich um Meißner Porzellan, legte er mir Minki in den Schoß, die heftig protestierte und uns beide kratzte, dann stand er auf und kam mit einem Skizzenblock zurück. «Mein erster Versuch», murmelte er mit dem verschämten Stolz des bescheidenen Künstlers. «Es war nicht ganz einfach, denn das kleine Lauserchen hält ja nie still.»

Immerhin, Minki ist als katzenähnliches Ding zu erkennen. Und der wahre Wert der Kunst liegt ja bekanntlich in der Befriedigung, die sie dem Künstler verschafft. Auch ich sollte nun wirklich mit meinem Kriminalroman beginnen, um mich endlich selbst zu verwirklichen. Aber es ist sehr schwierig, wenn nicht fast unmöglich, sich auf das Schreiben eines Romans zu konzentrieren, wenn man kein ruhiges Plätzchen für sich allein hat. Ich müßte von Zeit zu Zeit mit Josefine tauschen können. Die jammert ständig, ihr fiele die Decke auf den Kopf. Sie lebt vollkommen allein, ohne Mann, Kinder oder Mutter, und macht Heimarbeit für eine Firma, die Steppdecken herstellt. Das einzige, das sich in Josefines Leben bewegt, ist die Nadel ihrer Nähmaschine.

Wieso veranstalten wir eigentlich nicht hin und wieder eine Umtauschaktion für unsere diversen Jobs? Ich stelle mir so eine Art Flohmarkt vor:

«Hört her, Mädchen, ich hätte hier ein prima Angebot! Leichte, selbständige Arbeit, nur den Sommer über, keine körperlichen Strapazen, interessanter Umgang mit Menschen –»

«Sag uns lieber, was faul an der Sache ist.»

«Vermieterinnen, die zwei Tage lang nicht beschickt werden, lassen einem die Luft aus den Reifen», flüstere ich. «Aber sag's nicht weiter. Was hast du Schönes anzubieten?»

«Erstklassige Sache, wirklich. Immer fröhliche Jugend um dich, lange Ferien, Halbtagsarbeit, freier Samstag, und wenn du in Wut gerätst, kannst du ihnen die Kreide an den Kopf werfen.»

«Klingt gut. Und wo ist bei dir der Haken?»

«Sie fangen an zurückzuwerfen, und sie sind schon verdammt treffsicher, aber sag es bitte auch nicht weiter. Die da drüben, die kleine Dürre in Jeans mit dem Poster in der Hand, was die wohl hat?»

«Nichts Umwerfendes. Verkaufsjob in einem Kleidergroßmarkt, ständig künstliches Licht, langer Freitagabend und mieses Gehalt. Davon würde ich die Finger lassen.»

«Bringt sie nie an den Mann. Ist doch totaler Ausschuß.»

«Nicht so unbedingt. Das Poster, das ist ein vergrößertes Foto von ihrem Abteilungsleiter. Frisch geschieden. Sieht aus wie Dean Martin in seiner besten Zeit.»

«Tatsächlich? Da schau' ich doch schnell einmal vorbei.»

Zwei Minuten später ist sie wieder da. «Ihr werdet's nicht glauben! Sie ist ihren Mist schon los.»

«So schnell? Und was hat sie dafür gekriegt?»

«Arzthelferin. Anständiges Gehalt, freie Verpflegung und ein reservierter Parkplatz.»

Alle seufzen voller Neid.

«Würde ich nachgeschmissen nicht nehmen», sagt eine. «Es handelt sich um den Gefängnisarzt.» Sie rümpft die Nase. «Hier gibt es doch wahrhaftig nichts Gescheites. Alles Ramsch.»

Also, die gefällt mir! Was denkt sie wohl, wo sie hier ist? Bei Sotheby's?

Eben hat es geklingelt. Ich gehe zur Tür. Auf der Schwelle steht ein Mann, den ich nie zuvor gesehen habe und der mir einen Kübel rotbackiger Äpfel mit den Worten überreicht: «Die soll ich hier abgeben.»

Ich kläre ihn dahingehend auf, daß ich keine bestellt oder sonstwie zu kriegen hätte. Aber da bin ich im Irrtum. Die Äpfel, sagt er, seien der Ersatz für die Ebereschen, die er mir anstelle seines Arbeitskollegen hätte bringen sollen, der ihm dafür bei einer Autoreparatur geholfen hat.

«Ah, der Lange Eddy!» rufe ich, langsam begreifend.

Aber es war nicht der Lange Eddy, sondern der Maier Karl. Allerdings hätte dieser, also der Karl, erwähnt, daß er einem Freund namens Eddy einen Gefallen schuldig wäre. Ob ich ihm folgen könnte?

So ungefähr, sage ich.

Er sagt, da er keine Ebereschen habe, hätte er sich gedacht, vielleicht täten es die Äpfel auch?

Ich sage, sie täten es in der Tat, und bedanke mich herzlich.

Um die Fahrradpumpe in der Bodenvase binde ich eine hübsche rote Schleife. Das sieht gar nicht so übel aus. Und außerdem habe ich eines gelernt im Leben: Ganz ohne Kompromisse geht's nicht.

Das sollte sich auch Engelbert Krautberger hinter die Ohren schreiben, dann werden wir viel besser miteinander auskommen, wenn ich ihn demnächst wieder einmal besuche.

So richtig Weihnachten!

Es ist traurig, wie bei uns daheim Weihnachten weniger und weniger wurde. An unserem ersten Christbaum krümmte sich der Wipfel, weil er an der Decke anstieß, wir mußten seine Äste abstützen, so behangen war er, und noch drei Tage danach hatten wir Bauchweh vom vielen guten Essen und Trinken. Es war herrlich.

Und jetzt?

Letztes Jahr hängte ich einen Stern an die Lampe, wir aßen Würstchen mit Senf, und den Rest des Abends verbrachten wir damit, nach einem Zahnarzt zu suchen, der Feiertagsdienst hatte.

Aber dieses Jahr möchte ich Weihnachten wieder als wahres Familienfest feiern, mit allem Drum und Dran, auch wenn wir keine wahre Familie mehr sind. Ich werde eine Liste machen, was ich wem schenken will, und gleich morgen mit dem Einkaufen beginnen.

Auf einer zweiten Liste werde ich die Namen von Freunden und Bekannten aufschreiben, denen ich vor Weihnachten kurze Besuche abstatten will mit Liebesgaben.

Und ich lege den feierlichen Eid ab, diesmal rechtzeitig mit dem Schreiben der Weihnachtskarten anzufangen. Ich muß zugeben, daß ich in der Beziehung ein bißchen lax bin. Aber da bin ich nicht die einzige. Vor zwei Jahren erhielt ich zu Ostern eine Karte von einer nach Kanada ausgewanderten Freundin, auf der war bei «Fröhliche Weihnachten» das «Weihnachten» ausgestrichen und durch «Ostern» ersetzt worden, das Christkind hatte lange Ohren und über die Flügel war ein Tragkorb mit bunten Eiern gemalt.

Ich hätte schon gestern abend mit dem Schreiben angefangen, wenn ein Kugelschreiber im Haus gewesen wäre, der noch schrieb. Und heute ist mir dann etwas viel Besseres eingefallen: Ich werde anstelle der nichtssagenden, stereotypen Weihnachtskarten solche mit einem Foto von den Kindern und mir machen lassen. Das gibt eine entzükkend persönliche Note. Zwei Jahre hintereinander erhielt ich so etwas von einer Bekannten, auf der sie mit Mann und Töchterchen abgebildet ist, wie sie alle drei sinnend ins Kerzenlicht schauen. Das hat mich sehr berührt.

«Bleibt einmal kurz sitzen!» bat ich deshalb nach dem Essen die Kinder.

«Warum?» fragte meine Tochter. «Du, ich hab's eilig!»

«Nur zwei Minuten. Ich muß euch anschauen.»

Ich schaute sie mir an. Was ich sah, versetzte mir einen Schlag in die Magengrube. Das also ist aus meinem goldlockigen Engelchen von Tochter geworden, ein mageres, bleiches Geschöpf, die Ohren von riesigen Ringen auf die Schultern gezogen (Ringe, in denen sich ein ausgewachsener Kakadu schaukeln könnte), in einem sackähnlichen Hemd und zerschlissenen Jeans. Mir kamen die Tränen.

«Hast du was?» fragte sie mich.

«Ich schau' dich nur an, Kind.»

Da flüsterte sie mit einer Stimme, die mir völlig fremd war: «Mama, warum hast du uns nicht gesagt, daß du schwer krank . . . wie lange gibt dir der Arzt?»

Ich winkte ab und richtete mein Augenmerk auf meine beiden Söhne. Na gut, die paar Pickel des Älteren würde man mit Schminke abdecken können, aber was um Himmels willen ist mit meinem Jüngeren passiert? Ist dieses Wesen überhaupt mein Sohn, dieser ausgeflippte Punker mit den platinblond eingefärbten Strähnen im entsetzlichen Kraushaar, das niemals natur sein konnte?

Ich sprang auf, kramte das Album mit den alten Fotos heraus, das ihn in einem Alter zeigte, wo ihm noch der Hosenboden in den Kniekehlen schlabberte. Wußte ich's doch, von Kraushaar keine Spur! Und diesem Geschöpf hätte ich um ein Haar das Geld für ein Mofa vorgestreckt! Das heißt, wenn es überhaupt mein eigen Fleisch und Blut war. Womöglich fütterte ich schon wer weiß wie lang einen Fremden durch!

«Wie sagt man, wenn man etwas geschenkt bekommen hat?» fragte ich daher das suspekte Wesen an meinem Tisch.

«Warum?» fragte es zurück, und ich war beruhigt. Er war es doch.

«Würdet ihr mir den Gefallen tun und in den nächsten Tagen einmal eure Sonntagskleider anziehen?» bat ich.

Sie glotzten mich an. «Sonntagskleider? Was meinst du mit Sonntagskleider?»

«Etwas Schönes», murmelte ich, «etwas, das man zum Kirchgang und für den Sonntagsspaziergang anzieht.»

Sie sahen sich gegenseitig an. «Menschenskind», fragte der Ältere den Jüngeren, «hast *du* so was?»

Der grinste. «Vielleicht meint sie mein neues Mick-Jagger-Gilet und die Elvis-Pants?»

«Was ist mit dir?» fragte ich meine Tochter. «Hast du nichts anderes als diese Jeans, die aussehen, als hätte sie schon Old Wabble im Kampf gegen die Komantschen getragen?»

Sie drehte die Augen zur Decke. «Mama!»

«Warum ziehst du dir nie ein hübsches Kleid an?» jammerte ich. «So etwas mit schwingendem Rock und oben herum ein paar Rüschen.»

Ihre Brüder fielen fast von den Stühlen vor Lachen. Sie fragte mich, ob ich wolle, daß sie ihre Freunde mit so einem Fummel erschrecken und keiner, aber auch keiner, mehr mit ihr ein Wort reden würde, wollte ich das wirklich?

Es ist eine traurige Zeit. Wenn du heute ein wirklich hübsch angezogenes weibliches Wesen unter Dreißig sehen willst, mußt du in eine Transvestitenshow gehen.

«Sag einmal, was soll das Ganze eigentlich?» fragten sie.

«Ich möchte uns fotografieren lassen», murmelte ich. «Für die Weihnachtskarten.»

Ich sah sie zwei Tage lang nicht wieder.

Seither laufen sie mit bedrückten Gesichtern herum. Ich weiß, was ihnen auf der Leber liegt. Sie wissen nicht, was sie ihrer Mutter schenken sollen.

Ich wüßte es.

Ach, könnte ich doch einfach vor sie hintreten und sagen: «Liebe Kinder, ihr werdet es nicht bemerkt haben, aber meine Langlaufsocken sind schon sehr alt und löchrig.» Was keine Übertreibung ist. Ich hasse Sockenstopfen mehr als alles andere, besonders, seit ich das Loch in der Nähnadel nicht mehr sehe. Ich stopfe meine Langlaufsokken erst, wenn ich hundertprozentig sicher bin, daß ich in Kürze eine Loipe benützen werde, auf der mir ein männliches, halbwegs attraktives, nicht kurzsichtiges Wesen unter Siebzig auf zumindest einen Meter nahe kommen wird.

Und meine Kinder werden sagen: «Warum hast du dir nicht schon längst welche gekauft?»

Und ich werde sagen: «Ich wollte mir erst dann neue kaufen, wenn ich sicher bin, daß ich bei dem Sport auch bleiben werde.»

Und der Ältere wird sagen: «Du hast mit dem Langlaufen angefangen, als ich in die zweite Klasse kam.»

Und ich werde sagen: «Na und? Meine Generation scheut sich eben vor überstürzten Investitionen, denn wir haben noch die bitteren Nachkriegsjahre miterlebt.»

Aber, verdammt noch einmal, was ich ihnen eigentlich sagen will, ist: «Kauft mir zu Weihnachten neue!»

Aber das brächte ich nie über die Lippen. Getreu der schönen alten Tradition, die besagt, daß es unfein ist, seine Weihnachtswünsche direkt auszusprechen, warte ich, bis man sie mir von der Nasenspitze abliest.

Was vielleicht am Tag des Jüngsten Gerichts passieren wird.

Wir Erwachsenen haben leider jegliche Spontaneität verloren; die besitzen nur noch die Kinder in ihrer herrlichen Unschuld. Ich habe in meiner Schatztruhe unter den Kleidern, die ich irgendwann einmal ändern will, noch ein paar Briefe an das Christkind liegen. Wenn ich da lese: «Libes Kristkind, beim Nisch ist ein Fehrnlas in der Auslag unden ist es Sülver oben schwarz, das mag ich», dann treibt mir das die Tränen in die Augen. Bei derart präzisen Angaben war die Schenkerei noch ein Kinderspiel.

Falls ich heute noch einmal «O Jubel, o Freud» im Radio höre, schnappe ich über und brauche mir keine Gedanken mehr darüber zu machen, was ich wem schenken soll.

Nie teilen sich die Geschlechter deutlicher, vom Kinderkriegen abgesehen, als beim Schenken.

Alle Frauen, die ich kenne, fangen systematisch im März mit den Weihnachtseinkäufen an und haben Anfang Dezember einen Stapel Geschenke im Wäscheschrank hinter den Handtüchern liegen.

Alle Männer, die ich kenne, fangen drei Tage vor Weihnachten an, sich sorgenreiche Gedanken darüber zu machen, was sie in die Gasthäuser treibt und dazu, vierzig Zigaretten pro Tag zu rauchen, es spukt ständig in ihren Hinterköpfen herum und läßt sie geschäftliche Fehlentscheidungen treffen, die sie beinahe ruinieren, die Haare fallen ihnen aus, und sie kriegen Sodbrennen und Magengeschwüre.

Und ein Geschenk für ihre Frau haben sie immer noch nicht.

Am Vormittag des Vierundzwanzigsten stürzen sie ins nächstgelegene Kaufhaus, irren dort durch die blankgekauften Räume, starren verzweifelt in die leeren Regale und murmeln auf die Frage der Verkäuferin, wie ihre Frau aussehe und welche Größe sie habe: «Meine Frau . . . meine Frau . . . lassen Sie mich nachdenken . . . O Gott, dieses Weihnachten bringt mich noch um! Ich habe sie doch heute beim Frühstück noch gesehen, lassen Sie mich nachdenken . . .», aber sosehr sie auch nachdenken, das einzige Bild einer weiblichen Person, das vor ihren Augen aufsteigt, ist das von Sophia Loren in ihrer Rolle als Mama Lucia.

Fünf Minuten vor Ladenschluß reißen sie den Gegenstand an sich, der zufällig in Reichweite ihrer Finger ist – es kann ein Kopfkissenbezug sein oder ein Nudelsieb – und damit, verpackt in dem letzten Bogen Einwickelpapier, der noch am Ständer war, einer mit weißen Lilien und silbernen Kreuzen, wanken sie heimwärts. Den Rest des Tages und des Abends verbringen sie halb im Koma, bis zu jenem erlösenden Moment, wo sie endlich während des Fernsehfilms einschlafen dürfen.

Was sie natürlich nie im Leben zugeben würden. Oder kennen Sie einen Mann, der zugibt, daß er vor dem Fernseher schläft? Ich nicht. Meine Freundinnen auch nicht. Wer mit einem Fernsehschläfer in Hausgemeinschaft lebt, sollte sich das an den Feiertagen zunutze machen. Meist werden dann nämlich zur selben Zeit mehrere gute Filme gezeigt, und so hat man endlich freie Wahl. Denn es gibt nichts, was besser geeignet wäre, das durch allzu üppiges Essen verschlackte Blut wieder in Wallung zu bringen, als die Diskussion darüber, welchen Film man sich ansieht.

Er, nach einem Blick ins Programm: «Endlich wieder einmal was Gescheites!»

Sie (erfreut): «Ja, nicht wahr? Ich seh' die Monroe auch wahnsinnig gern.»

Er (nach einem neuerlichen, diesmal längeren Blick ins Fernsehprogramm): «Ich seh' da keine Monroe. Es spielt der Sean Connery.»

Sie: «Doch, ich weiß es genau, in ‹Wie angle ich mir einen Millionär› spielt die Monroe.»

Er (aufbrausend): «Wie angle ich mir –! Du glaubst doch nicht im Ernst, ich schau' mir diesen Schmarren an, wenn im anderen Programm der beste Film des Jahres läuft!»

Und natürlich schaut sie sich das an, was *er* will,

denn seine Laune ist an den Feiertagen ohnehin sehr labil. Sie sitzt also da und sieht zu, wie Sean Connery und ein junger Mann, beide mit düsteren Gesichtern und in düsteren Kutten, durch eine düstere Landschaft auf ein düsteres Kloster zureiten, das man in der düsteren Ferne sieht. Und sie reiten und reiten und reiten, und das Kloster ist immer noch in der düsteren Ferne, und bevor sie es erreichen, hört sie ihren Mann sanft schnarchen. Sie wedelt kurz mit dem Programmheft vor seinen Augen hin und her, er macht keinen Zuck, also schläft er, also kann sie endlich umschalten. Vergnügt schaut sie zu, wie die Monroe mit ihren beiden Freundinnen berät, wie man sich einen reichen Mann angeln könnte.

Durch Erfahrung gewitzt, ist sie allerdings vorsichtig genug, hie und da wieder zu Sean Connery und den Klosterbrüdern umzuschalten, denn sie weiß, daß der Schläfer manchmal, wenn auch nur für Momente, aufwacht.

Später hört man dann folgendes:

Er: «Meine Frau behauptet ständig, ich würde beim Fernsehen einschlafen. Gestern zum Beispiel. So was Blödsinniges! Als ob ich bei einem Film wie dem einschlafen könnte! Ich kann dir jede einzelne Szene bis ins Detail beschreiben.»

Tatsächlich, er sieht alles noch vor sich, bis ins letzte Detail: Er sieht Sean Connery, begleitet von dem jungen Novizen, durch die Bergeinsamkeit auf das Benediktinerkloster zureiten, das man in der Ferne auf einem Felsen sieht, Bilder von ungeheurer Intensität. Und dann später jene herrlich authentischen Szenen innerhalb der Klostermauern. Wunderbar, diese scheinheiligen Schurkengesichter unter den lächerlich komischen Tonsuren, und im Gegensatz dazu die drei appetitlichen Damen, die in einem sehr hübsch, beinahe modern eingerichteten Teil des Klosters auf die geilen Klosterbrüder warten, während sie sich darüber unterhalten, wie sie sich einen reichen Mann angeln könnten.

Meisterhaft auch die Szenen mit dem Scheiterhaufen, die Schreie des gemarterten Kretins und das stummergebene Leiden des jungen Mädchens, eins der drei von vorhin, und dann die Rettung durch einen Mönch, der mit ihr, als Dandy verkleidet und verfolgt von der Polizei (die moderne Inquisition!) über die Tiberbrücke rast, wodurch der Film eine ungeheure Aktualität erlangt. Ein Meisterwerk der Filmkunst schließlich auch eine der letzten Szenen: Sean Connery und der junge Novize von der Abtei wegreitend und das zerlumpte Mädchen, ebenfalls eine der drei, am Wegrand stehend, ihnen sehnsüchtig nachblickend.

Das unvermeidliche Happy-End allerdings, wo sie und der junge Mann, der aus Liebe darauf verzichtete, Mönch zu werden, als elegantes Brautpaar aus der Kirchentür treten, war ein bißchen kitschig und einem Film von solchem Format nicht ganz würdig, aber es müssen eben auch bei Klassefilmen Abstriche in Hinblick auf den Geschmack des gewöhnlichen Publikums gemacht werden.

Er und geschlafen? Ha ha! Da kann er nur lachen. Ha ha!

Ich selbst schlafe beim Fernsehen nie, außer wenn ich müde bin, aber beim Schenken geht es mir nicht viel besser als den Männern. Auch ich weiß nie, was ich wem schenken soll, und ich bin sehr froh, daß ich mir wenigstens nicht den Kopf über ein Geschenk für meinen Mann zerbrechen muß, weil ich keinen mehr habe. Wenn sich jeder selbst etwas schenken würde, wäre die Sache einfach! Ich würde mir Langlaufsocken und ein Gerät zum Öffnen von Essiggurkengläsern schenken, das auch wirklich funktioniert.

Der Kampf mit den Essiggurkengläserdeckeln verkürzt mein Leben.

Nun habe ich ja so ein Ding, das aussieht wie eine Geburtszange. Ich habe es mir gekauft, nachdem ich im Fernsehen gesehen habe, wie simpel es zu handhaben ist: Man setzt es am Deckel an, macht den kleinen Finger krumm, sagt: Ah, wunderbar! und der Deckel springt auf.

Ich kaufte es mir, setzte es an, machte den kleinen Finger und dann alle Finger krumm, bis mir die Stirnadern anschwollen, ich sagte: Au, verdammt! und der Deckel blieb zu.

Mehrere Leute rieten mir, heißes Wasser über den Deckel rinnen zu lassen, sie machten das immer so, und der Deckel springe von allein auf.

Ich machte es so, und das Glas zersprang, und der Deckel blieb zu.

Eine Freundin, die viel reist, berichtete mir, sie

hätte im afrikanischen Busch dem Wunder der spirituellen Deckelöffnung beigewohnt, und es wäre ein Schlüsselerlebnis ihres Leben gewesen:

Ein Massai, ein echtes Kind des wilden afrikanischen Busches, mit nichts anderem bekleidet als einer roten Decke und vielen Perlenschnüren, hatte sich ein Glas mit eingelegten Pfefferschoten gekauft, trug es heim und wollte es öffnen, aber der Deckel ging nicht auf.

Da rief er seine Stammesbrüder zusammen, und sie bemalten sich mit weißer und roter Farbe und mit Kuhmist, und sie tanzten um das Glas einen rituellen Tanz zu Ehren von Jokuawuzi, Schutzgott der Rinder und Einmachgläser, sie tanzten und sangen die ganze Nacht, und am Morgen schlachtete der Pfefferschotenglasbesitzer eine Kuh, stieß sich einen Zahn aus, nahm das Glas in die Hand und der Deckel sprang auf.

Auch ich tanzte und sang, so gut ich es vermochte, und tat auch sonst alles, wie geheißen, nur beim Zahnausstoßen griff ich zu einem kleinen Trick – es war meine Brücke rechts oben, die ich herunterholte. Vermutlich hat mir Jokuawuzi das übelgenommen, denn der Deckel blieb zu.

Da pfiff ich auf alle neumodischen Methoden und griff auf meine alte zurück, die darin besteht, daß man mit einem Messer so lange unter dem Deckel herumstochert, bis dieser «uff» sagt und aufgeht.

Ich stocherte mit meinem Lieblingsmesser so lange unter dem Deckel herum, bis die Spitze ab-

und ein Stück vom Glas ausbrach, ich schrie «uff!» und der Deckel blieb zu. Da verlor ich die Geduld, nahm das verdammte Essiggurkenglas beim verdammten Deckel und schleuderte es in Richtung Abfalleimer. Das Glas katapultierte sich durch die Küche, die Gurken verstreuten sich malerisch über den Raum, und ich hatte den Deckel in der Hand.

Vermutlich hat Jokuawuzis Zauber doch gewirkt.

Kinder, ich kann euch sagen, eure alte Mutter ist Aufregungen dieser Art nicht mehr gewachsen. Deshalb, wenn ihr sie auch nur halb so lieb habt wie das Telefon, schenkt ihr einen brauchbaren Deckelöffner. Und vielleicht noch die Langlaufsocken, falls das Geld reicht.

Was *ich* diesen Kindern und meiner Mutter und meinen Freundinnen schenken soll, weiß ich immer noch nicht. Warum komme ich nicht in Weihnachtsstimmung? Warum ist es heute nie mehr so wie früher?

«Wie früher?» Das ist wieder einmal die Stimme meines Ex, der immer noch in meinem Unterbewußtsein haust, wenn auch inzwischen ein paar Stufen tiefer, siebente oder achte würde ich sagen. «Du scheinst da einiges vergessen zu haben. Du weißt wohl nicht mehr, wie du jedesmal gejammert hast, wenn es nach dir ginge, würdest du Weihnachten in einer stillen Ecke mit einer Flasche Wein feiern, die Füße hochgelagert und einem Krimi in der Hand. Und wie du dauernd mit meinem Vater gestritten hast.»

«Du scheinst da einiges zu verwechseln, der, der ständig gestritten hat, das warst du mit meiner Mutter.»

Er ist wohl nicht ganz bei Trost. Als ich noch verheiratet war und eine intakte Familie hatte, liebte ich Weihnachten. Dieses seltsame Prickeln auf der Kopfhaut und der Ausschlag, den ich kriege, sobald ich im November «Leise rieselt der Schnee» zusammen mit der Aufforderung höre, nichts anderes als das fantastische, umweltfreundliche, selbst bei null Grad wirksame Waschmittel Sauberzauber zu kaufen, das alles hat sich erst nach der Scheidung eingestellt.

Aber in dem Zusammenhang muß ich gleich eines klarstellen: Ich bin *nicht* identisch mit jener Irren, die durch die Kaufhäuser streicht, mit enorm ausgewuchteter Handtasche, und flackernden Blicks alle Winkel nach den Lautsprechern absucht, aus denen «Stille Nacht» erklingt. Man sagt, sie hätte in ihrer Handtasche eine handliche, selbstgebastelte Bombe.

Ich bin auch nicht identisch mit dem verrückten Weibsbild, das seit Wochen mit einem Besenstiel auf die armen Briefträger losgeht, wenn sie täglich zehn Kilo Weihnachtsreklame in ihren Briefkasten zu stopfen versuchen.

Das alles bin ich nicht. Ich wünschte bloß, die Feiertage wären schon vorüber.

Eine Freude allerdings hat mir das Christkind im voraus beschert: Frau Grimm weiß zu berichten, daß die Ehefrau vom Teppichleger-Pepi zurückkehrte, nachdem es dem Straßenmaler in Griechenlands Olivenhainen zu kalt wurde und er in sein Winterquartier bei seiner Verlobten in Amsterdam ausgewichen ist.

Pepi hat die Arbeit in meiner Wohnung wiederaufgenommen, muß sie jetzt allerdings der Feiertage wegen erneut unterbrechen.

Auch du, rede ich mir gut zu, solltest schleunigst alles unterbrechen, was du gerade tust, und dich auf das Weihnachtsfest konzentrieren, sonst steht es vor der Tür und du stehst mit leeren Händen da. Was glaubst du wohl, was dann passiert?

Und was passiert? Zwei Tage vor Weihnachten sagt dir deine Mutter, sie hätte eine Reise nach Ischia gebucht, um dir nicht zur Last zu fallen, und deine Kinder blättern in ihren Terminkalendern und eröffnen dir, daß sie am Heiligen Abend zwar sehr ausgebucht wären, aber wenn du dich ein wenig beeilen würdest mit der Feier, könnten sie dich zwischen fünf und sechs hineinquetschen.

Den Rest des Weihnachtsabends verbringst du bei Eva-Maria und Egon, bei einem gesunden Festtagsmahl aus Rohkostsalat mit viel Knoblauch und einem Hirseauflauf. Dann schaust du zu, wie die beiden vor dem Weihnachtsbaum aus Pappmaché – eine Protestaktion gegen das Abholzen der brasilianischen Regenwälder – ihre Hatha-Yoga-Übungen inklusive Kopfstand machen, wobei Egon seine weißen Spatzenwaden zeigt und Eva-Maria die Unterhose, da ihr das Kleid über den Kopf gerutscht ist.

Du beißt dir an einem Vollkornplätzchen eine Plombe aus.

Danach unterhaltet ihr euch angeregt bei einem Kräutertee über die Vor- und Nachteile diverser Getreidemühlen, über den Schadstoffgehalt in Weihnachtskarpfen und die lebensverlängernde Wirkung des Knoblauchs, der eure Köpfe umweht und sich mit dem Duft der selbstgezogenen Kerzen zu einem schnuckeligen Gemisch vereint. Und dann, an einem Tag im April, kurz vor Ostern, sitzen Flora und du traulich bei einem Schnaps zusammen – da fällt draußen endlich der so lang ersehnte Schnee vom Himmel, und die goldene Schleife an der Fahrradpumpe in der Bodenvase schimmert hell, und plötzlich überkommt euch das, was euch am 24. Dezember versagt geblieben ist: eine gar wundersame Weihnachtsstimmung.

Er ist ein bißchen jünger. Na und?

Meine Vermutung bezüglich Floras neuem Freund hat sich als richtig erwiesen. Gestern habe ich sie mit ihm gesehen. Es hat mich erschüttert, ehrlich. Kein Wunder, daß sie ihn mir nie vorgestellt hat. Ein Bürschchen, das ihr Sohn sein könnte. Zugegeben, er sieht nicht übel aus, wie eben solche jungen Hupfer aussehen, die noch nicht trocken hinter den Ohren sind, und er hielt sie umarmt, als wollte er damit aller Welt beweisen, daß er diese Frau liebe, die dem Alter nach seine Mutter sein könnte. Aber gerade das machte das Ganze noch absurder. Als sie mich heute fragte: «Nun, wie findest du Gerry?» wollte ich um unserer Freundschaft willen mit der Wahrheit nicht hinter dem Berg halten. Es tut einem weh mit anzusehen, wie sich die beste Freundin zum Gespött der Leute macht.

«Viel zu jung für dich.»

«Unsinn, es sind doch nur ein paar Jahre –»

Ein paar Jahre, daß ich nicht lache! Wenn das ein paar Jahre sind, dann hat Flo ihre Tochter im Kindergarten empfangen. Ich schätzte ihn auf gut fünfzehn Jahre jünger als sie.

Flo ließ ein kleines Lachen hören, so eins, das nach «die ganze Welt kann mich mal» klang. «Was ist heutzutage schon dabei? Laut einer Umfrage in Amerika bleiben Frauen, die jüngere Männer haben, länger gesund als andere.»

«Das müssen sie auch, Herzchen. Oder glaubst du, so ein junger Schnösel würde dir nach der Krampfaderoperation die Beine bandagieren?»

«Ursula Andress hat einen, der ist über dreißig Jahre jünger als sie. Agatha Christies zweiter Mann hätte dem Alter nach ihr Sohn aus erster Ehe sein können. Und was ist mit der Taylor?»

Wirklich, sie wird kindisch. Außerdem raucht sie wieder wie ein Schlot. Frauen in unserem Alter sollten eigentlich wissen, was sich schickt.

Ich zumindest weiß das. Es würde mir nie im Leben einfallen, mich mit einem jungen Mann einzulassen. Zum Beispiel mit Charly.

Charly ist jener gute Engel, der stets dahergebraust kommt, wenn ich mit meiner lahmen Ente wieder einmal wo stehe und nicht weiter kann. Eine wunderbare Einrichtung, dieser Pannendienst: Man bezahlt einen kleinen Beitrag, hat eine Panne, geht zum nächsten Telefon, ruft an, und schon kommt Charly.

Ich wüßte nicht, was ich ohne ihn täte.

Leider hat Donald Duck eine sehr lästige Unart entwickelt: Er springt nur an, wenn ihm die Sonne zumindest drei Stunden lang auf die Kühlerhaube geschienen hat. Aber Charly hat mir einen nützlichen Trick beigebracht. Man braucht bloß von den

Dingern, an denen der Funken überspringt, die Dinger abzunehmen, die drauf stecken wie die Zitzen einer Melkmaschine auf dem Kuheuter, sie trocknen und wieder aufstecken. Und schon springt er an.

Oder auch nicht.

Ich habe gehört, die Belegschaft des Pannendienstes wurde erweitert und die Nachtschicht verdoppelt, seit Donald Duck und ich Mitglieder sind, aber das ist sicher eine boshafte Übertreibung.

Wenn ich anrufe, kommt immer nur Charly.

Ich möchte mich nicht damit brüsten, aber ich glaube, er ist scharf auf mich. Jedenfalls streifen seine Finger auf eine Art über meine, wenn ich ihm den Autoschlüssel gebe, die ziemlich eindeutig ist. Aber ich vergesse keine Minute, daß er siebzehn Jahre jünger ist und fast mein Sohn sein könnte, *ich* nicht. *Ich* mache mich nicht zum Gespött der Leute. Da müßte ich Flora heißen. Mir ist klar, daß ein junger Liebhaber eine Narretei ist, ein ausgesprochener Risikofall, wenn auch beileibe nicht der einzige.

In diese Kategorie fallen auch:

a) der krankhaft Eifersüchtige:
 Er ist derjenige
- der heimlich das Katzenfutter ißt, weil er überzeugt davon ist, daß du den Kater besser fütterst als ihn,
- der hundertprozentig sicher ist, du hast was mit einem Kollegen im Büro, wenn du eine Viertel-

stunde später als üblich heimkommst, schwarze Unterwäsche anziehst oder zum Betriebsausflug mitfahren möchtest,

- der fragt, wenn du den Zahnarzt wechselst: Ist er jung?
- der keine Ahnung hat, daß er krankhaft eifersüchtig ist, sondern felsenfest davon überzeugt, er sei der toleranteste Mann der Welt, nur müsse man auf dich aufpassen wie ein Schießhund, weil du sonst dauernd in Ungelegenheiten kämst.

b) der Unverstandene:

Nicht selten ist er geschieden oder noch verheiratet – gerade noch. Aber er lebt in Scheidung. Weil seine Frau kein Verständnis für ihn hat.

Du wirst ihn ein halbes Jahr kennen, und er wird von dir nicht mehr wissen als deine Adresse und deinen Vornamen, weil er ständig damit beschäftigt ist, dir seinen Jammer vorzuklagen.

Du wirst versuchen, ihn aufzurichten, ihn abzulenken, aus seiner Misere herauszuziehen. Völlig zwecklos. Er will gar nicht aufgerichtet, abgelenkt, herausgezogen werden. Er fühlt sich nämlich in seiner Misere pudelwohl. Alles, was er von dir verlangt, ist ihn anzuhören und zu bemitleiden.

Wenn du das nach ein, zwei Jahren aufgibst, wird er sich eine andere suchen, der er dann vorklagt, daß *du* kein Verständnis für ihn hattest.

c) das ewige Kind:

Er ist der Junge, dem seine Mutter noch mit vierzehn das Fleisch kleinschnitt, und der später zum Erwachsenwerden nicht mehr einbrachte als einen schütteren Haarwuchs.

Er wird immer und überall auf dem besten Platz sitzen und dir den anderen überlassen. Er wird rauchen, wenn du noch die Suppe ißt. Er fährt dicke Autos, die er sich zwar nicht leisten kann, aber die sein liebstes Spielzeug sind, weil er doch früher auch alle jene hübschen kleinen Autochen bekommen hat, die er im Laden sah. Sonst hat er sich nämlich auf den Boden geworfen und mit den Beinchen gestrampelt.

Er wird um zehn Uhr abends mit einer Lammkeule bei dir auftauchen, und du wirst sie ihm braten, weil er sich doch schon so sehr darauf gefreut hat. Was das Schlimmste ist – es wird dir gar nichts ausmachen. Oder doch nicht genügend, um ihm die Keule um die Ohren zu schlagen.

Ich bin sicher, Charly würde so etwas nie tun. Trotz seiner Jugend wirkt er reifer als die meisten Männer mit fünfzig. Ich sehe ihn jetzt häufig, denn Donald Duck hat noch einen neuen Tick: Er bleibt ohne jede Warnung bockbeinig stehen, wo er gerade ist, meistens auf belebten Kreuzungen, und das, obwohl er voller Benzin ist. Meine Mutter und meine Freundinnen steigen nicht mehr ein, ohne bequeme, flache Schuhe zu tragen für den Fall, daß sie anschieben müssen.

Unbedingt ein Risikofall sind auch langjährige, überdrüssig gewordene Ehemänner. Mit ihnen ist es besonders schwierig. Man kann sie nicht zurückbringen, weil man sie ja schon viele Jahre in Gebrauch hatte.

Bibi und Fipsimaus sind im chinesischen Restaurant gesehen worden, wo sie ein Dutzend Tellerchen und Schüsselchen vor sich hatten, heißen Reiswein tranken und sich tief in die Augen sahen. So etwas stinkt zum Himmel. Arme Hanna. Ich spüre es mit allen Fasern meines Herzens: Sie braucht mich.

O Gott, es muß ihr noch viel schlechter gehen, als ich befürchtet habe, denn es ist ihre auswärts studierende Tochter, die mir die Tür öffnet.

Der Schock fährt mir durch alle Glieder. «Wieso bist du hier?» Ich flüstere, für den Fall, daß Hanna in Hörweite ist. «Geht es deiner Mutter so schlecht?»

«Es geht ihr vermutlich nicht besonders, aber dafür mir um so besser. Ich habe sie nämlich hinausgeschmissen.»

Seltsam, das ist doch Hannas Stimme. O nein, es *ist* Hanna! Mit einer kindlichen Wuschelfrisur, in einem geradezu obszönen Hosenanzug und einer Kriegsbemalung, in der ich mich höchstens auf einen Kostümball wagen würde. Sie lacht girrend. «Du siehst, ich habe deinen Rat befolgt und mir ein paar neue Fummel gekauft.»

Ich sehe es. Dieser Fummel hier muß einen von Philipps Monatslöhnen verschlungen haben. Hanna ist übergeschnappt.

«Wie geht es Clementinchen?» frage ich.

«Clementinchen? Welches Clementinchen? Ach du meine Güte, du hast doch diesen Blödsinn nicht etwa ernst genommen?» Sie blickt auf die Uhr, schnappt sich die Handtasche, auch die neu, und drückt mir einen flüchtigen Kuß auf die Wange. «Sei mir nicht böse, ich muß weg. Du kannst ja Philipp Gesellschaft leisten. Tschüs!»

Und weg ist sie, eine Wolke Parfüm zurücklassend.

Philipp hockt am Küchentisch, grau im Gesicht, um Jahre gealtert, an einer Wurstsemmel kauend. «Sie kocht nichts mehr», jammert er. «Und hast du gesehen, was sie anhatte? Davon ist noch mehr im Schrank. Sie hat sich den Bausparvertrag vorzeitig auszahlen lassen und dafür Klamotten gekauft. Und schau dir das an –» Er packt mich am Arm und zieht mich ins Schlafzimmer. «Das da ist der Gipfel.»

Er weist auf ein Poster von Arnold Schwarzenegger über den Ehebetten. «Ich mache kein Auge mehr zu, mit dem Idioten über meinem Kopf. Weißt du, was sie sagte?»

«Was?»

«Sie sagte, sie möchte mit ihm im Morgengrauen auf der Brooklynbrücke stehen und ihn einfach nur ansehen.» Seine Stimme bricht.

«Den Schmus hat sie in einer Illustrierten gelesen», beruhige ich ihn.

Möglich, jammert Fipsimaus, aber er könne jedenfalls nicht mehr schlafen, solange der über seinem Kopf hängt.

«Reiß das Zeug doch einfach herunter.»

«Sie hat gesagt, wenn ich das tue, macht sie aus meinen Seidenstickerhemden Staubtücher.»

«Wo ist sie eigentlich hin?»

«In einen Tanzkurs», entgegnet er düster. «Sie lernt diesen neuen Modetanz aus Brasilien, der aussieht, als würde man es auf der Tanzfläche treiben.»

Nun gut, Philipp mag einen kleinen Denkzettel verdient haben, aber was zuviel ist, ist zuviel. Benimmt sich so eine Frau von fünfundvierzig, eine Mutter und Ehefrau? Ich bin von Hanna sehr enttäuscht.

Auch von Flo bin ich enttäuscht. Sie hat sich neulich in der «Reblaus» schrecklich aufgeführt, bloß, weil ihr Freund mit einem jungen Mädchen ein bißchen geflirtet hat. Was will sie? Das war doch vorauszusehen bei einem Mann, der um so vieles jünger ist. Jugend gehört zu Jugend. Deshalb habe ich auch nein gesagt, als Charly mich während der letzten Pannenhilfe gefragt hat, ob ich mit ihm tanzen gehen möchte. Obwohl nichts dabei wäre und ich beim Tanzen gewiß keine schlechte Figur machen würde. Er hat mir einen neuen Trick beigebracht, um Donald Duck zum Anspringen zu bewegen: Man nimmt die Dinger herunter, die aussehen wie die Dinger der Melkmaschine, Sie wissen schon, was ich meine, und besprüht die anderen Dinger, die darunter sind, mit einem Spezialöl. Dann springt er an.

Oder auch nicht.

Charly muß eine ganz außergewöhnliche Konstitution haben, denn er ist ständig auf Trab, Tag und Nacht. Zugegeben, das ist einer der Vorteile, die man hat, wenn man sich einen jungen Liebhaber nimmt (was ich jedoch nie täte): Er hat noch nicht das Zipperlein und die hundert wirklichen und eingebildeten Krankheiten von Männern, die uns dem Alter nach näher stehen. Auch sie gehören zu jenen Risikofällen, von denen eine Frau ihre Finger lassen sollte, es sei denn, sie ist ein ausgesprochener Florence-Nightingale-Typ. Ich spreche von

d) dem Hypochonder:

Er ist vierzig oder darüber, Single und in guter Position. Bis zu ihrem Tod lebte er bei seiner Mutter. Er wird

- beim Staubsaugen seiner hübschen Junggesellenwohnung einen Mundschutz tragen aus Angst vor der krankheitsübertragenden Hausstaubmilbe,
- sich am Morgen als erstes seinen Blutdruckmesser über den Arm stülpen, ihn mit einem kleinen Blasebalg aufblasen und dann entsetzt murmeln: «Normal? So wie ich mich fühle, kann ein normaler Blutdruck unmöglich normal sein!»
- mitten in einer flotten Polka stehenbleiben, sich die Finger der rechten Hand auf sein linkes Gelenk legen und den Puls zählen.

Er ist der Mann, der den Stein stets griffbereit in der Tasche trägt, mit dem er seine (und deine) Träume erschlägt, sowie sie geboren werden.

Sein Gegenstück ist

e) der Supermacho:

Sein Hauptmerkmal ist, daß er das Bett mit dem Fitneßcenter verwechselt und dich mit einem Sparringpartner. Falls du dabei seinen hochgeschraubten Anforderungen technisch nicht gewachsen bist oder dir sein Repertoire nicht behagt und du ihm das sagst, wird er dir sagen, daß du eine Niete bist. Jede Frau war bis jetzt noch mit ihm hochzufrieden, denn nicht eine einzige – nicht eine einzige! – hätte sich je beklagt. Im Gegenteil.

Man fragt sich, warum Frauen immer noch auf solche Typen und ihren faulen Zauber hereinfallen. Hat es etwas damit zu tun, daß wir uns bei aller Emanzipation immer noch nach dem starken Mann sehnen, der die Kartoffel mit der Faust zerquetscht? Und nur wenige schauen nach, ob es nicht eine gekochte war.

O nein, nie werden wir es aufgeben, nach dem weichen Kern in diesen harten Männern zu suchen, auch wenn das völlig aussichtslos ist.

Das ist etwas, was mir an Charly sehr gefällt. Er ist ein ganzer Mann, aber doch sehr sanft und sensibel. Eigentlich hat man bei ihm überhaupt nicht das Gefühl, daß er so jung ist. Manchmal kommt er mir älter und erfahrener vor als ich selbst.

Ich sehe ihn jetzt sehr häufig. Mit Donald Duck wird es schlimmer und schlimmer. Unter anderem frißt auch der Rost an ihm. Ich übermale die Rostflecken mit bunten Blümchen. Es sieht sehr lieb aus, wie eine Sommerwiese in voller Blüte. Leider hindert ihn das nicht daran, weiterhin seine faulen Tricks aufzuführen. Charly hat mir eine neue Gegenmaßnahme beigebracht:

Man nimmt den Schlauch ab, durch den die Luft oder sonst etwas zu einem Teil geht, der auch irgendwas tut, und macht dann etwas damit, was, habe ich vergessen, also sage ich einfach «Abrakadabra» und stecke ihn wieder auf. Dann springt er an.

Oder auch nicht.

Charly hat mich wieder gefragt, ob ich mit ihm tanzen gehe. Ich habe zugesagt. Nach einem langen, kritischen Blick in den Spiegel habe ich festgestellt, daß ich besser und jünger aussehe als vor meiner Scheidung. Die paar Falten sind kaum zu sehen, besonders wenn ich keine Brille aufhabe und das Deckenlicht nicht einschalte. Ich trage die Haare jetzt länger und wuschelig und lege nur noch Lippenstift in zartpink auf. Genau betrachtet, sehe ich nicht viel älter aus, als ein Mann mit Vollbart von, sagen wir, siebenundzwanzig. Wie Charly zum Beispiel.

Gestern hat er mich geküßt.

Ich werde für dieses Miststück von Auto das zugigste, dreckigste Plätzchen auf dem miesesten Schrottplatz im ganzen Land aussuchen und es dort kaltblütig aussetzen, das schwöre ich. Gerade habe ich ihm eine neue Batterie spendiert und eine

Unterbodenwäsche, und was macht dieses undankbare Luder? Es ruiniert das Zündschloß, so daß ich den Schlüssel nicht hineinbringe, obwohl es diesmal garantiert *nicht* der Hausschlüssel war, dann legt es die Lenkradsperre ein und lacht sich eins.

Nicht einmal Charly konnte in diesem Fall helfen.

Weil wir nichts tun konnten und Charly Dienstschluß hatte, brachte er mich heim. Vor der Tür hat er mich geküßt. Und auch ich habe ihn geküßt.

Hinter der Tür.

Na und? Liz Taylor hat einen Jungen, alle emanzipierten Frauen haben einen Jungen. Ich werde mich natürlich hüten, mich in ihn zu verlieben. *Ich* heiße nicht Flora. Ich werde ihn einfach nur genießen, wie ... wie jungen Spargel.

Wenn ich ihn mit älteren Männern vergleiche, mit Egon zum Beispiel, frage ich mich, warum habe ich so lange gebraucht, um zum wahren sinnlichen Glück zu finden? Egon ist wirklich ein Waschlappen. Kaum sitzt er, sagt Eva-Maria:

«Ach, Schatz, schau doch nach, wo Morli ist!» und schon springt er auf und saust durch die Wohnung und dann hinaus in den Garten.

Das Katzenvieh wird wieder einmal im Hexenhaus sein. Das erinnert mich daran, ich muß gelegentlich nachsehen, ob Minki und sein Herrchen gut überwintert haben.

«Papa sucht Morli schon», sagt Eva-Maria zur umgeschnallten Rosalinde. Sie findet den Umgang mit Haustieren für ihre Tochter sehr konstruktiv und für ihre Entwicklung maßgeblich, wenn sie selbst sich auch keine Katze halten können, weil sie ihnen die Wohnzimmergarnitur verkratzen und sich womöglich auf dem Buchara verewigen würde.

«Wie gefällt dir eigentlich Charly?» frage ich so obenhin.

«Charly? Wer ist Charly?»

Ich sage es ihr, obwohl sie ihn natürlich kennt. Jeder kennt Charly.

«Der? Wie soll er mir schon gefallen? Ein junger Hupfer wie alle anderen.» Sie sieht mich scharf an. «Hast du was mit ihm?»

Ich lächle.

«Bist du verrückt!» keift sie. «Der ist doch viel zu jung für dich!»

«Ausgerechnet du mußt das sagen!» rufe ich empört. Ausgerechnet Eva-Maria, die bis vor kurzem mit Bubis herumgezogen ist, die ihre Söhne hätten sein können. Aber jetzt, neben Egon, muß sie natürlich so tun, als wäre ein Mann mit Stirnglatze und chronischer Nebenhöhlenvereiterung der Gipfel der Glückseligkeit. Wahrscheinlich kann sie es neben dem alten Knacker überhaupt nur aushalten, indem sie sich ständig selbst etwas vormacht.

Bei Charly werde ich mir nichts vormachen müssen. Bei ihm darf ich so jung sein, wie ich es in meinem Herzen ohnehin bin. Alles im Leben ist Schicksal. Und wenn mir dieses Schicksal einen liebenswürdigen, schönen jungen Mann in den

Schoß wirft, wäre es da nicht sträfliche Undankbarkeit, ein solches Geschenk von sich zu weisen?

Das Schicksal schaut sich das weibliche Wesen da unten in Bad St. Florian genauer an und beschließt, es vor einer neuerlichen Dummheit zu bewahren, indem es Charly einen lukrativen Werkvertrag in die Hand drückt und ihn umgehend nach Libyen schickt.

So weit, so gut.

Aber was macht dieses dumme Huhn von einer Frau? Es verliebt sich Hals über Kopf in Risikofall f.

Das Schicksal kann nur noch verständnislos das mancherlei Gram gewohnte Haupt schütteln. Vergeblich war sein Rettungsversuch, so vergeblich, als würde man jemanden aus einem Froschteich ziehen, der sich anschließend in den nächsten Fluß stürzt.

Auch Flora geht es schlecht. Mit ihrem Jüngling ist es aus. Der hat jetzt eine Neunzehnjährige. Flora ist schrecklich deprimiert. Sie sitzt daheim vor dem Recorder und hört sich die Reinigungskassette an.

Zugegeben, das war ein Reinfall

Daß Arnold nicht die Antwort meiner Gebete an den heiligen Antonius war, sondern Risikofall f, stellte sich leider erst heraus, nachdem er bei mir eingezogen war. Vielleicht hätte ich doch jenen Briefkastentanten glauben sollen, die immer wieder davor warnen, Urlaubsbekanntschaften zu Hause fortzusetzen. Aber ich dachte mir, es müßte ja auch einmal Ausnahmen geben. Eine Ausnahme ist Arnold ja. Aber in die falsche Richtung.

Heute, bevor er ins Büro ging, gab er mir statt einem Kuß den guten Rat, beim Abtrocknen der Hände regelmäßig die Nagelhaut mit dem Handtuch zurückzuschieben. Er vermißt den Mond an meinen Nägeln.

Er hat den Pygmaliontick. Wenn er nicht jemanden hat, den er erziehen kann, ist er nicht glücklich.

«Das tut mir aber leid!» sagte Flo mitfühlend. «Ich dachte, wenigstens zwischen euch zwei liefe es prima. Unsere Clique in der ‹Reblaus› hält euch für ein Traumpaar.»

«Ein Traumpaar! Henry Higgins war ein Waisenknabe gegen Arnold. Gestern rief er zwischen der Suppe und dem Braten Lieselotte an, um sie zu fragen, welches Kunststück sie anwendet, damit die Grießnockerln nicht hart wie Kieselsteine werden. Wie bei mir. Und bis zum Kompott hielt er mir dann einen Vortrag über die korrekte Herstellung göttlich-flaumiger Duweißtschonwas.»

«Wer ist Lieselotte?»

«Seine Exfrau.»

«Ach, er ist noch in Kontakt mit ihr? Ich dachte, sie hat ihn so gelangweilt, daß er sich regelmäßig beim Gähnen den Kiefer verrenkte?»

«Das habe ich auch gedacht. Aber immerhin hat er sie zu einer exzellenten Hausfrau erzogen. *Sie* würde niemals den Badezimmerspiegel mit Klopapier und Spucke putzen.»

Außer Flo weiß niemand von meinem letzten Desaster. Von den Kindern abgesehen natürlich. Denen kann es nicht verborgen bleiben, was für ein Typ Arnold ist, denn er nimmt kein Blatt vor den Mund. Bloß wenn *ich* einmal etwas aus mir herausgehe, dann sagt er: «Ich bitte dich, nicht vor den Kindern!» und schaut dabei drein wie ein blasiertes Schaf.

«Jetzt kann ich es dir ja sagen», sagte Flo. «Er ist mir schon damals in Mallorca reichlich pingelig vorgekommen. Ich bitte dich, welcher andere Mann nimmt schon einen Kleiderbügel mit, wenn er zum Strand geht?»

Ich seufzte. «Ich dachte, nach all den Jahren würde es nett sein, eine Hose zu sehen, die jemand anders als ich auf einen Bügel gehängt hat. Apropos Hosen. Sind die am Badezimmerhaken nicht die von Gerry?»

Flo lächelte und zuckte die Achsel.

«Hat er sie dir zum Andenken hiergelassen, oder ist er selber wieder da?»

«Zweiteres.»

Echt, uns Frauen ist nicht zu helfen. Aber im Moment stand es mir nicht an, gute Ratschläge zu geben. Ich trank meinen Kaffee aus und erhob mich. «Ich muß heim, kochen. Arnold liebt es gar nicht, wenn das Essen nicht pünktlich auf dem Tisch steht. Bei Lieselotte ist das nur ein einziges Mal vorgekommen, und das war, als sie beim Einkaufen mit dem Fahrrad stürzte und mit einer Gehirnerschütterung ins Krankenhaus gebracht wurde. Ich wette, ihre ersten Worte, nachdem sie zu sich gekommen ist, waren: ‹O Gott, ich muß heim! Mein Mann wartet auf sein Mittagessen!›»

Ich war wieder total im Streß. Bis jetzt war ich das zwar auch, aber da kochte ich, wenn wir Hunger hatten. Bei Arnold jedoch ist es eine Frage des Prinzips. «Es hat nichts mit dem Essen an sich zu tun, meine Liebe, aber unsere innere Ordnung setzt eine äußere voraus.» Einen Fleck auf dem Tischtuch starrt er an, als wäre es eine Kröte. Aber die Erdnußschalen, Zigarettenstummel und den anderen Mist in Pepitos Bar in Mallorca hat er «Atmosphäre» genannt.

Wir lernten uns in einem jener spanischen Busse kennen, die ständig so voll sind, daß es unmöglich wäre, sich an der Nase zu kratzen, außer man hat die Hand schon beim Einsteigen in dieser Position gehabt. Als wir die Hafenstraße von Palma entlangknatterten, sagte Arnold, der für mich zu dem Zeitpunkt natürlich noch nichts anderes war als ein fremder Mann, der zufällig im Bus neben mir stand: «Wissen Sie, daß ich Sie vorhin ganz toll gefunden habe?»

«Ich mich auch», entgegnete ich mit bescheidenem Stolz.

Ehrlich, der Moment, als ich dem Schurken an der Bushaltestelle auf der Plaza España eine Ohrfeige verabreichte und ihm meine Brieftasche entriß, die er schon in seinen räuberischen Klauen gehalten hatte, ist einer der Höhepunkte meines Lebens gewesen. Nur als ich das erste Mal Knödel kochte, die sich *nicht* im Wasser in ihre Einzelteile auflösten, habe ich mich ähnlich super gefühlt.

«Es war wunderbar! Ich wollte, Lieselotte wäre nur halb so mutig und selbständig wie Sie gewesen, dann wären wir vielleicht heute noch verheiratet.»

Er war also geschieden, und so wie es aussah, im Moment solo.

Das traf sich gut, denn ich hatte mich schon fast damit abgefunden, meinen Urlaub mit dem Krimi «Tote haben einen leisen Schlaf» und einer Flasche Fundador zu verbringen. Flo hatte am Abend zuvor einen Hamburger im Bierkeller «Oberbayern» kennengelernt. Er war zwar nicht ganz das, was sie sich erhofft hatte, nämlich ein feuriger Spanier, aber besser als gar nichts.

An Spanier ranzukommen, hatte sich als schwieriger erwiesen, als wir angenommen hatten. Sie sind sehr eingebildet. Außerdem reden die meisten nur spanisch. Gleich am ersten Tag wäre ich fast mit einem ins Gespräch gekommen, als er sich im Café vordrängte wie ein wichtigtuerischer Zwerggockel, und ich hätte ihm auch ordentlich meine Meinung gesagt, aber die einzigen Worte, die mir von meinem Spanisch-Schnellkurs noch in Erinnerung waren, waren *Hasta la vista.* Ich blätterte schnell mein Wörterbuch nach einem passenden Schimpfwort durch, inzwischen jedoch war meine Wut verraucht. Und er sah mich bloß stumm mit jenem unnachahmlichen Ausdruck von oben herab an – obwohl er mir nur bis zum Kinn reichte –, der den Spaniern angeboren ist.

Am Tag darauf dachten wir, wir hätten es geschafft, als wir in einem Seitengäßchen der Calle San Jaime auf ein Straßencafé stießen, in welchem die schönsten, größten und elegantesten Spanier saßen, die wir bis jetzt gesehen hatten.

Wir bestellten Campari-Orange und harrten hoffnungsfroh der Dinge, die nun zweifellos auf uns zukommen würden – bis zu jenem traurigen Moment, wo der ältere, elegante Spanier am Nebentisch dem jungen Halbgott neben sich übers Knie streichelte.

Da murmelte Flo: «Trink aus, und laß uns gehen! Ich fürchte, wir werden uns doch im ‹Oberbayern› umsehen müssen.»

Als es mir an der Haltestelle wie durch ein Wunder gelungen war, mich aus dem Bus zu quetschen, sah ich, daß auch Arnold ausgestiegen war. Möglicherweise war er nur mitgerissen worden, aber ich glaube schon, daß es beabsichtigt war, denn er fragte mich sofort, ob er mich begleiten dürfe. Ich schrie zu ihm auf:

«Gern. Wenn Sie es möchten!» während eine Boeing so knapp über unsere Köpfe hinwegdonnerte, daß ich zusehen konnte, wie sie die Räder ausfuhr. Mein Hotel befand sich in der Anflugschneise.

«Wie halten Sie das aus?» schrie Arnold.

«Indem ich mich pausenlos daran erinnere, was für ein günstiges Angebot es war. Und man gewöhnt sich daran. Ein bißchen.»

«Sie sind eine wunderbare Frau, wissen Sie das?»

Natürlich wußte ich es. Ich vergaß es nur zeitweise, wenn es mir länger niemand gesagt hatte.

Leider, meinte er bekümmert, hätte Lieselotte so gar nichts von meiner Gelassenheit gehabt und von meinem Humor. Sie war ein sehr ernsthafter Mensch. Eine gute Hausfrau und Mutter zwar, aber entsetzlich langweilig. Nichts für die heiteren Stunden des Lebens. Was er gesucht und nun gefunden hat, wäre jemand wie ich – so heiter, so witzig, so selbständig und emanzipiert, aber doch Frau durch und durch.

Inzwischen saßen wir gemütlich in einer Strandbar unter einem Sonnenschirm, vor uns zwei Eiskaffee. Wir plauderten und lachten und scherten uns einen Dreck um die Flugzeuge, die in Siebenminutenabständen über unsere Köpfe hinwegdonnerten.

Heute empfindet er das Krachen einer grünen Paprika zwischen meinen Zähnen als unzumutbaren Lärm. Er hat mir vorgemacht, wie man ißt, ohne daß man was hört.

«Ich hoffe, du hast diesen Zaubertrick auch Lieselotte beigebracht?» hatte ich gefragt, mit einer Stinkwut im Bauch.

Er hatte entgegnet: «Bei ihr war das nicht notwendig, meine Liebe!» wobei er wieder eine unheimliche Ähnlichkeit mit einem blasierten Schaf hatte.

Als wir einmal den letzten Bus verpaßten und die sechs Kilometer von Palma zu Fuß zu meinem Hotel latschten und dann am Strand schliefen, weil das Hotel von einer Horde lärmender spanischer Schulkinder okkupiert war, war er ganz high vor Glück. Mit einer Frau wie mir würde jede Minute des Lebens zum herrlichsten Abenteuer, hatte er hingerissen geschwärmt, während wir abwechselnd aus einer Rotweinflasche tranken und uns zwischendurch innig küßten, wobei der Sand zwischen den Zähnen knirschte.

Heute machen wir einen unserer langweiligen Ausflüge erst, wenn ich alles tipptopp aufgeräumt habe. Letzten Sonntag habe ich eine Tomate nach ihm geworfen, als er mit dem Finger über die obere Schrankkante fuhr. Leider traf sie ihn am Kragen, und ich kann jetzt sehen, wie ich den Fleck herauskriege.

Der Kater hat ihn von Anfang an nicht gemocht. Man sollte dem Instinkt der Tiere trauen.

Wäre meine Tochter nicht zu ihrem Freund gezogen, wäre es erst gar nicht soweit gekommen, denn dann hätte ich keinen Platz für ihn gehabt. Dann säße er immer noch in seiner Junggesellenbude.

Während ich mich abmühte, die Kohlrouladen so hinzukriegen, wie Lieselotte sie macht (auf Speck angebraten), grübelte ich darüber nach, ob es schon damals, als ich ihn in seinem Kämmerchen besuchte, Anzeichen für seinen Tick gegeben hatte.

Es hatte.

Ich hatte es in meiner Verliebtheit nur nicht wahrhaben wollen. Ich bitte Sie, wenn einer, der eine Frau umarmt, plötzlich aufspringt, um einen Apfelbutzen vom Tisch zum Abfalleimer zu tragen, dann müßte einem das schon zu denken geben!

Aber ich Gans hatte mich damals bloß darüber gefreut, einen Mann gefunden zu haben, der mir einen Teil der Hausarbeit abnehmen würde.

Von wegen!

Heute setzt er sich nach dem Abendessen zu Mephisto, seinem verdammten Schachcomputer, und schnauzt meine Söhne an: «Helft gefälligst eurer Mutter beim Abwasch!»

Dazu hätte ich mich nicht scheiden lassen müssen. Das habe ich schon einmal gehabt.

Anfangs habe ich über unsere Probleme noch mit ihm geredet. Jetzt sage ich nichts mehr. Ich mache meine Arbeit als das brave Hausmütterchen, zu dem er mich zurückerzogen hat, wenn auch nicht mit demselben Erfolg wie bei Lieselotte. Mit der Liebe ist es auch nicht mehr weit her. Ich warte eigentlich nur auf einen passenden Krach, um ihm zu sagen, daß er sich zum Teufel scheren soll.

Aber ich sehe ihn jetzt zu selten zum Streiten. Er macht ständig Überstunden.

«Mußt du nicht heim, kochen?» fragte Flo nach einem Blick auf die Uhr.

«Ich koche heute nichts.»

Sie kicherte. «Was wird Arnold dazu sagen?»

«Gar nichts.»

«Gar nichts? Dann muß er sich aber schwer geändert haben.»

«Er wird deshalb nichts sagen, weil er ausgezogen ist.»

«Du hast ihn also hinausgeworfen, gut. Es war höchste Zeit.»

«Nein. Er ist von selbst gegangen. Er hat eine andere.»

«Eine –. O nein!»

«O doch.»

Flo brauchte ein paar Momente, um diese Neuigkeit zu verdauen, dann fragte sie: «Wer ist es?»

«Sie heißt Puppi», sagte ich, «und ist ein wunderbares Geschöpf – heiter, witzig, selbständig und emanzipiert, dabei Frau durch und durch. Sie gibt ihm das, was er bei einem trostlos langweiligen Hausmütterchen wie mir vermißt.»

«Das darf nicht wahr sein! Du kennst sie?»

«Bestens. Von unserem letzten Streit her. Arnold

hat sie mir so ausführlich beschrieben, daß ich sie erkennen würde, wenn ich sie auf der Straße träfe.»

Es war nicht übertrieben. Sie würde nämlich jener Frau unheimlich ähnlich sein, die mit Arnold in Mallorca am Strand geschlafen hat – vor ihrer erfolgreichen Umerziehung.

Das Kunststück im Leben ist, daß man es objektiv, sozusagen von außen, betrachtet. In einem Film mit Annie Girardot hätte ich mich über Arnold und mich krankgelacht.

Gottlob hat mich diese letzte Pleite nur oberflächlich angekratzt und nicht ins Herz getroffen. Vielleicht gewöhnt man sich aber auch an seine Pleiten. Wie dem auch sei, ich fühle mich erleichtert. Auch meine Söhne sind erleichtert. Sie sagen zwar nichts, aber man merkt es. Irgendwie sind sie in den letzten Monaten erwachsener geworden. Manchmal kochen sie jetzt, wenn ich keine Zeit habe, und heben sogar etwas für mich auf. Und hie und da reden sie in letzter Zeit mit mir, als wäre ich ein richtig vernünftiger Mensch und nicht bloß ihre Mutter.

Jetzt, wo ich wieder solo bin und tun und lassen kann, was ich will, muß ich unbedingt einmal nachsehen, wie es Minki und dem kleinen Kauz geht. Ich werde einen Kuchen backen.

Gestern passierte im Büro etwas Nettes. Ein Mann, der aussah wie ein Perser und der ein Einzelzimmer mit Bad suchte, sagte, ich würde dieses Jahr besser und jünger aussehen als letztes Jahr.

Ich konnte mich nicht erinnern, ihn je gesehen zu haben, weder letztes Jahr noch sonst irgendwann.

«Aber ich bitte Sie, Madam!» rief er. Er sprach Englisch. «Letzten Sommer, beim Bootskorso, in Velden!»

Ich war nie beim Bootskorso in Velden.

Aber was soll's. Ich glaubte ihm trotzdem.

Wenn man über Vierzig ist und nicht gerade aussieht wie Uschi Glas, sollte man, wenn man schon einmal etwas Nettes hört, die Worte nicht auf die Goldwaage legen.

[illegible] im Gartenhäuschen [illegible]
[illegible] Hund [illegible]
[illegible] in seinen Armen [illegible]
[illegible]
[illegible] der Eindeutig [illegible]
[illegible]
[illegible]
[illegible] machen [illegible]
[illegible] und [illegible]
[illegible]
[illegible] alles [illegible]
[illegible] Land. Aber [illegible]
[illegible]
[illegible]
[illegible] hat [illegible]
[illegible] vor [illegible]
[illegible] den [illegible]
[illegible] plattiert [illegible]
[illegible] seiner [illegible]
[illegible]
[illegible] Herrn, der [illegible]
[illegible]

. . . aber das nächste Mal wird's wunderbar

Ich öffnete das Gartentürchen vorsichtig mit beiden Händen, um es am Herausfallen zu hindern – aber es schwang in seinen Angeln so fröhlich hin und her wie ein Vögelchen auf einem Ast. Die Bierflaschen vor der Tür des Hexenhäuschens waren verschwunden. Dort lag jetzt eine funkelnagelneue Fußmatte. Ich sah mich genauer um. Die Fensterläden waren gestrichen. Auf der Gartenbank lagen karierte Kissen und auf dem Tisch eine hübsche Decke, mit Kreuzstichen bestickt.

Da war mir alles klar. Der kleine Affe hatte das Häuschen verkauft. Allem Anschein nach an eine ältliche Lehrerin mit einem Ordnungstick.

Ich klopfte zaghaft an, eine Männerstimme sagte: «Herein», ich trat in ein blitzblankes Stübchen, an dem mir vor allem die blütenweißen Spitzenvorhänge an den Fenstern auffielen, und sagte zu dem adretten, glattrasierten Mann, der eine Schürze über seiner Anzughose trug und die Herdplatte polierte: «Entschuldigen Sie, ich suche eigentlich den Herrn, der vorher hier wohn--- O nein!»

Er war es! Oder vielmehr jemand mit seinem Gesicht und seiner Gestalt nach einer rätselhaften Metamorphose.

Er bot mir einen Stuhl an und sagte nach einem besorgten Blick auf die Uhr: «Ich muß leider in genau achtzehn Minuten weg, zur Arbeit. Was darf ich Ihnen anbieten, vielleicht einen selbstgemachten Himbeerlikör?» Zum Schutz der handgestickten Tischdecke legte er sorgfältig ein kleines Spitzendeckchen unter das Likörglas.

«Ich habe Ihnen einen Kuch–» fing ich an, klappte aber meinen Mund schleunigst zu, als er einen Kuchen vor mich hinstellte, bei dessen Anblick mein eigener vor Scham zu schrumpeln anfing.

In dem Moment ging mir ein Licht auf. «Sie haben eine Freundin?»

Er nickte. «Nächsten Monat wollen Herlinde und ich heiraten.»

Ich aß den Kuchen, danach stand ich auf, um wie früher die Brösel vor die Tür zu werfen, für die hungrigen Mäuschen, aber er nahm mir schnell den Teller aus der Hand und beförderte mit den Worten: «Herlinde sieht das nicht gern. Es zieht das Ungeziefer an», die Brösel in einen neuen Abfalleimer. Er wusch den Teller, trocknete ihn ab und stellte ihn zurück in den Schrank.

Dann wartete er, daß ich den Likör austrank, um das Glas abwaschen zu können.

«Wo ist Minki?» fragte ich, mich umblickend.

«Draußen. Ich habe ihr im Schuppen ein gemütliches Lager hergerichtet. Herlinde ist leider allergisch gegen Katzenhaare.»

«Was macht die Malerei?»

«Ach, wissen Sie, die Arbeit ... und Herlinde hat eine Abnei–»

Ich nickte. Ich wußte, was er sagen wollte.

Während ich ihn zum Wagen begleitete, auch der neu, erzählte er mir, daß er nach der Hochzeit in Herlindes hübsches Häuschen im Nachbarort ziehen wird, das sie zusammen mit ihrer Tochter aus erster Ehe und ihrer Mutter bewohnt, und daß sie dann das Hexenhäuschen nur noch als Sommerhaus benutzen werden.

Ich hätte ihn gern gefragt, ob sich seine Impotenz gebessert hat. Aber dieser Mann im Nadelstreifenanzug war mir so fremd geworden, daß ich nicht den Mut dazu fand.

Ich glaube auch nicht, daß Herlinde eine solche Frage gutgeheißen hätte.

Während ich ziemlich bedrückt heimwärts schlich, dachte ich darüber nach, wie sehr wir Menschen doch einem Gummiband glichen. Egal, wie das Leben auch an uns zog und zerrte, wir sprangen doch immer wieder in die alte Form zurück. Auch ich war so ein Gummiband, allerdings schon ein ziemlich ausgeleiertes.

Hannas Leben verläuft ebenfalls wieder in den alten Bahnen. Philipp ist beim Fischen so unglücklich über eine Böschung gestürzt – vermutlich aus dem Gleichgewicht gebracht durch die doppelte Belastung von Angelrute und Bibi –, daß er sich den Oberschenkel brach.

Daraufhin hat Hanna sich die Kriegsbemalung aus dem Gesicht gewischt, ihren neuen Fummel gegen eine Kittelschürze vertauscht, einen langen Reißverschluß ins Hosenbein von Philipps altem Trainingsanzug genäht und ist zur Tagesordnung übergegangen.

Bibi hat seit Fipsimäuschens Beinbruch ein inniges Verhältnis mit ihrem Zahnarzt, einem bedauernswerten Mann mit vollkommen desolatem Familienleben, der sich demnächst scheiden lassen wird.

Mit meiner Wohnung wird es jetzt ernstlich ernst. Ich warte nur noch auf den Stromanschluß. In zwei oder drei Wochen wird es soweit sein.

Hoffe ich.

Eben habe ich den neuen Spruch der Woche aufgehängt:

«Du kannst alles im Leben verlieren, nur die Hoffnung nicht.»

Ich habe ihn gut sichtbar über den Brotkorb geklebt, damit ihn auch die Kinder sehen. Je früher sie begreifen, daß im Leben nichts wichtiger ist als eine gesunde Hoffnung mit unverwüstlicher Kondition, desto besser.

Kürzlich ist mir ein kleiner Aufsatz in die Hände geraten, den ich vor vielen Jahren geschrieben und einer Frauenzeitung angeboten habe, die ihn jedoch nie brachte. Dabei war er gar nicht so schlecht. Ich hatte geschrieben:

«Verlorene Hoffnungen. Nichts wird von uns Müttern häufiger verloren als die Hoffnungen, Regenschirme ausgenommen. Die Hoffnungen werden verloren und wiedergefunden, es werden die schwärzesten Löcher darin fein säuberlich mit rosa Fäden gestopft, so daß sie beinahe aussehen wie neu – und dann verliert man sie prompt wieder.

Nur endgültig darf so etwas Kostbares wie die Hoffnung niemals verlorengehen. Man kann sich zwar einen neuen Regenschirm kaufen, aber versuche einmal einer, sich eine neue Hoffnung zu kaufen! Und deshalb gibt es in einem versteckten Winkel unseres Körpers, ungefähr in der Herzgegend, so etwas Ähnliches wie ein Fundbüro der verlorenen Hoffnungen.

Es ist bei Gott kein Prunkgemach. Eigentlich ist es nicht viel mehr als eine kleine Rumpelkammer, in der sie in kunterbuntem Haufen durcheinanderliegen, unsere verlorenen Hoffnungen. Zerknittert, abgenützt vom starken Gebrauch, oftmals gewendet wie alte Hemdkragen, fleckig vom Hantieren mit schweißnassen Fingern, fristen sie hier ihr kümmerliches Dasein, am Leben erhalten nur von der winzigen Hoffnung, daß wir eines Tages doch noch Gebrauch von ihnen machen.»

Dazu hatte ich ein paar jener ständig verlorenen Hoffnungen aufgezählt, wie ich jetzt, nach mehr als einem Jahrzehnt, mit wehmütigem Lächeln las. Alle drehten sich um die Kinder, samt und sonders Kleinigkeiten, die sich inzwischen entweder erfüllt haben oder unwichtig geworden sind. Wenn ich es genau bedenke, sprechen wir heute bezüglich unserer Kinder eigentlich immer nur die eine Hoffnung aus, aber die unisono im Chor: «Hauptsache, sie bleiben gesund!»

Das Leben macht einen bescheiden.

Auch für mich persönlich sind die Hoffnungen bescheiden geworden. Ich hoffe immer noch, daß es IHN irgendwo gibt und wir uns finden werden. Ich will nicht drängen, ich hoffe nur, daß es passiert, *bevor* wir beide zu alt und zu schwach sind, um uns in die Arme zu nehmen.

Eben habe ich bei Eva-Maria vorbeigeschaut, und was fand ich? Eine Frau im Nachthemd – um elf Uhr mittags! –, mit einer Zigarette im Mund und vor sich eine Tasse Kaffee, der so stark war, daß ich allein vom Geruch beinahe einen Kollaps erlitt.

Mir wurde übel vor Schreck. «Was ist passiert? Ist was mit Rosalinde? Wo ist sie?» Ich hatte sie nie anders vorgefunden als an einem Elternteil angeschnallt.

«Ich weiß nicht . . .», Eva-Maria wedelte vage mit der Zigarette durch die Gegend, wobei sie die Asche über Tisch und Boden verstreute, «irgendwo . . .»

Ich fand die Kleine im Wohnzimmer, hinter der Couchgarnitur, wo ihr eine Promenadenmischung gerade hingegeben das vor Entzücken glühende Gesichtchen ableckte.

«Was ist das für ein Hund?» fragte ich Eva-Maria, vielmehr das, was einmal Eva-Maria gewesen ist.

«Hund? Was für ein Hund?»

Sie schüttete den Rest des Kaffees in sich hinein, sog an der Zigarette, als wäre es der letzte Zug vor ihrer Hinrichtung und murmelte: «Vorgestern mußte ich meine sämtlichen Vorräte an biologischen Lebensmitteln wegwerfen, weil sie von einem seltsamen Käfer mit kleinem Rüssel befallen waren. Gestern habe ich gelesen, daß Rohkost am Abend ungesund und unverdaulich ist. Und heute morgen entdeckte ich das da!» Sie bedeutete mir mit einem Nicken, ihr zu folgen, latschte mit hängenden Schultern in Egons Arbeitszimmer und öffnete dort eine Schranktür.

Eine Batterie von teils leeren, teils vollen Weinflaschen kullerte uns entgegen, zusammen mit Dosen, auf denen Etiketten wie «Kanadischer Räucherlachs», «Gänseleberpastete» und «Hirschragout in Weinsauce» klebten.

Jetzt wisse sie wenigstens, warum er zu Hause so oft und so lange über mitgenommenen Akten zu sitzen pflegte, der Kerl!

Zum erstenmal empfand ich Sympathie für Egon.

«Und dafür habe ich Gerstenkörner im Mörser zerstampft und mich Nacht für Nacht von einem Alptraum plagen lassen!»

«Was für ein Alptraum?»

«Ich wurde von einem riesigen Schweinskotelett verfolgt, eingefangen und aufgefressen.»

Von jetzt an, meinte sie, sich energisch die Nase putzend, pfeife sie auf das gesunde Leben. Sie goß uns Kaffee ein, den sie mit einem Schuß Kognak verstärkte.

Das Hündchen kam hinter der Couch hervor, machte am Buchara kurz halt, um sich zu erleichtern und sich ausgiebig zu kratzen, Rosalinde auf allen vieren hinter ihm her.

«Ich fürchte, er hat Flöhe», sagte ich.

Eva-Maria zuckte die Achsel. «Was soll's. Ich glaube nicht, daß Hundeflöhe an Menschen gehen.» Und zu ihrer Tochter, die sich gerade an ihrem Knie aufgerichtet hatte und energisch nach mütterlicher Zuneigung verlangte, sagte sie:

«Spiel mit dem Wauwau und laß Mami in Ruhe. Mami und Papi haben sich gestritten, und Mami braucht jetzt Ruhe, viel Ruhe, sonst schnappt sie über, und dann kommen zwei böse Männer und wickeln sie in eine große Jacke mit langen Ärmeln, und du wirst Mami eine lange, lange Zeit nicht mehr sehen.»

So leid es mir für Eva-Maria tat, ich fühlte mich erleichtert. Die kleine Welt um mich herum lief wieder in ihren gewohnten Bahnen.

Die Idee, einen Kriminalroman zu schreiben, habe ich nun doch aufgegeben, und zwar aus einem einfachen Grund: Ich kann keinen Mörder finden.

Alle diese Hohlköpfe, die sich aufführen, als wären sie tatsächlich am Leben und nicht bloß Kinder meiner Fantasie, schreien Zeter und Mordio, sobald sie erfahren, daß ich sie als Mörder einsetzen will. Ein einziger, ein hübscher, großer, blondlockiger, sympathischer junger Mann, dessen Hobby es ist, in der Kirche die Orgel zu spielen und alten Damen über die Straße zu helfen, hat sich freiwillig zur Verfügung gestellt.

Er ist mir von Anfang an suspekt vorgekommen. Das mußte einer mit einer makabren Vorliebe für perversen Humor sein...

Ich habe es mir anders überlegt. Ich werde, sobald ich die Zeit dazu finde, sobald also die Kinder alle aus dem Haus sind, ein Buch über eine Frau schreiben, die geschieden ist, drei halbwüchsige Kinder hat, sich mit einem schrottreifen Auto und mit nichtsnutzigen Liebhabern abmüht und die davon träumt, eines Tages den Küchenschrank aufzumachen und heraus steigt ER, der Richtige. Und dann wird alles wunderbar sein...